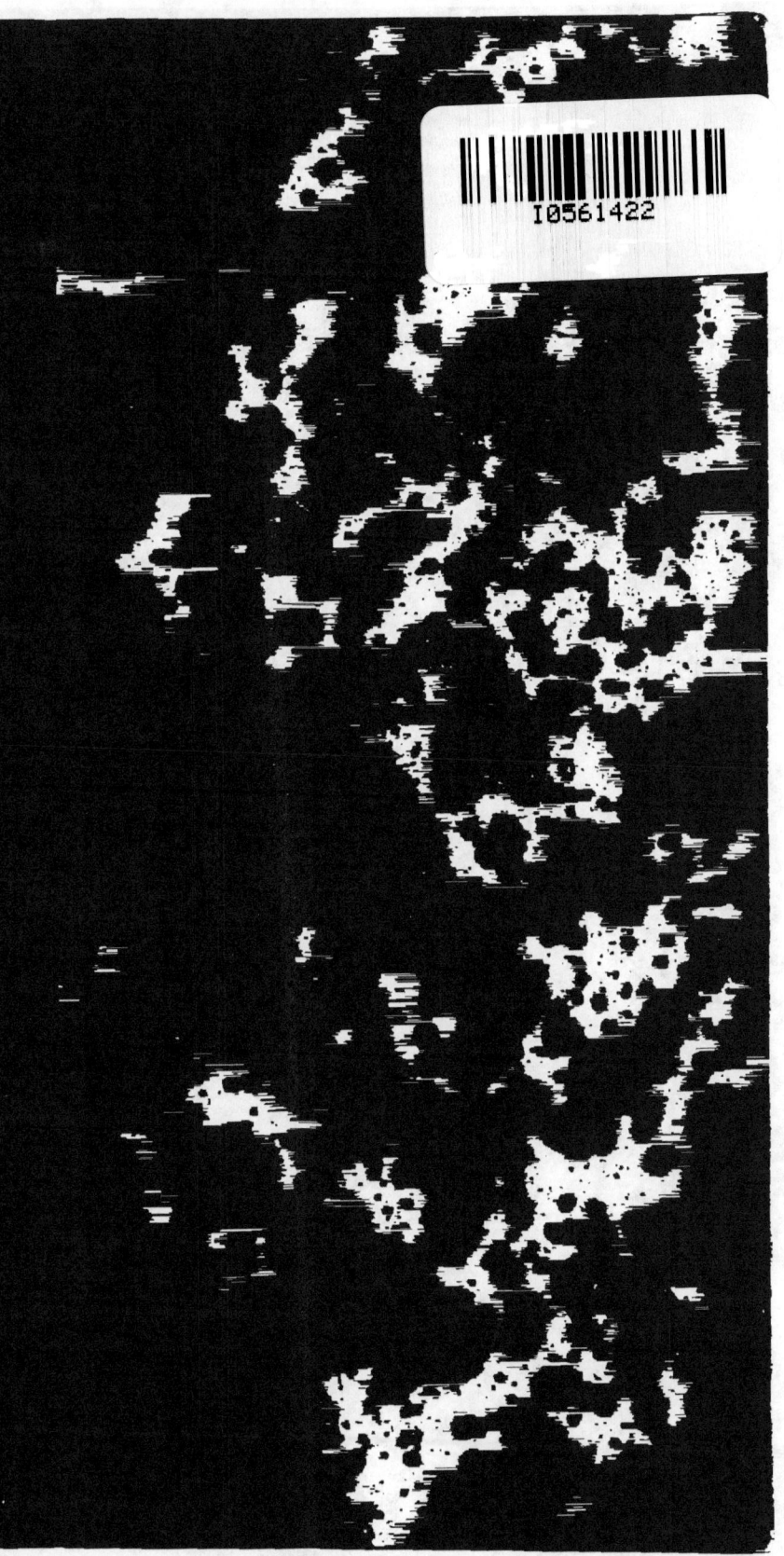

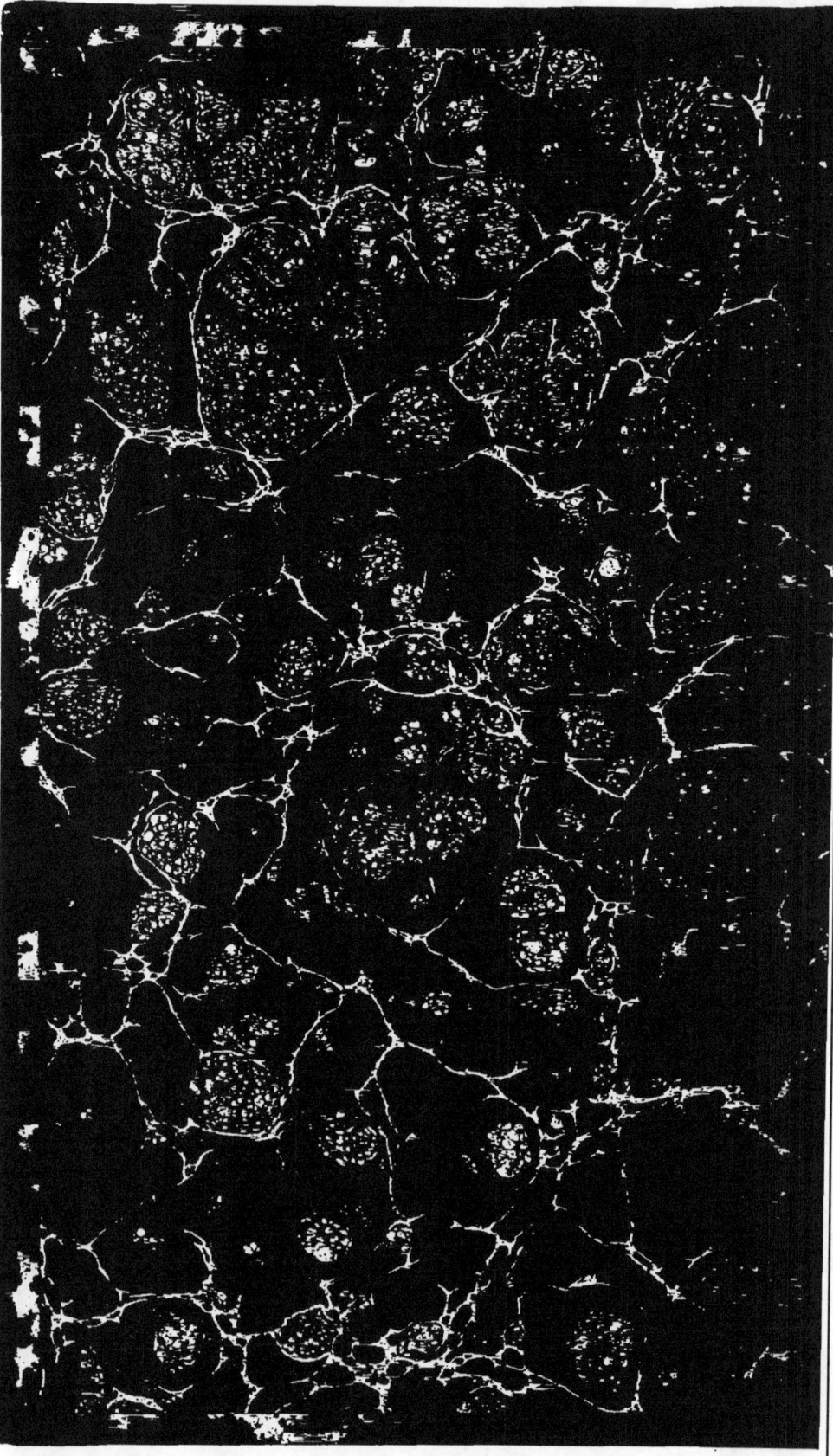

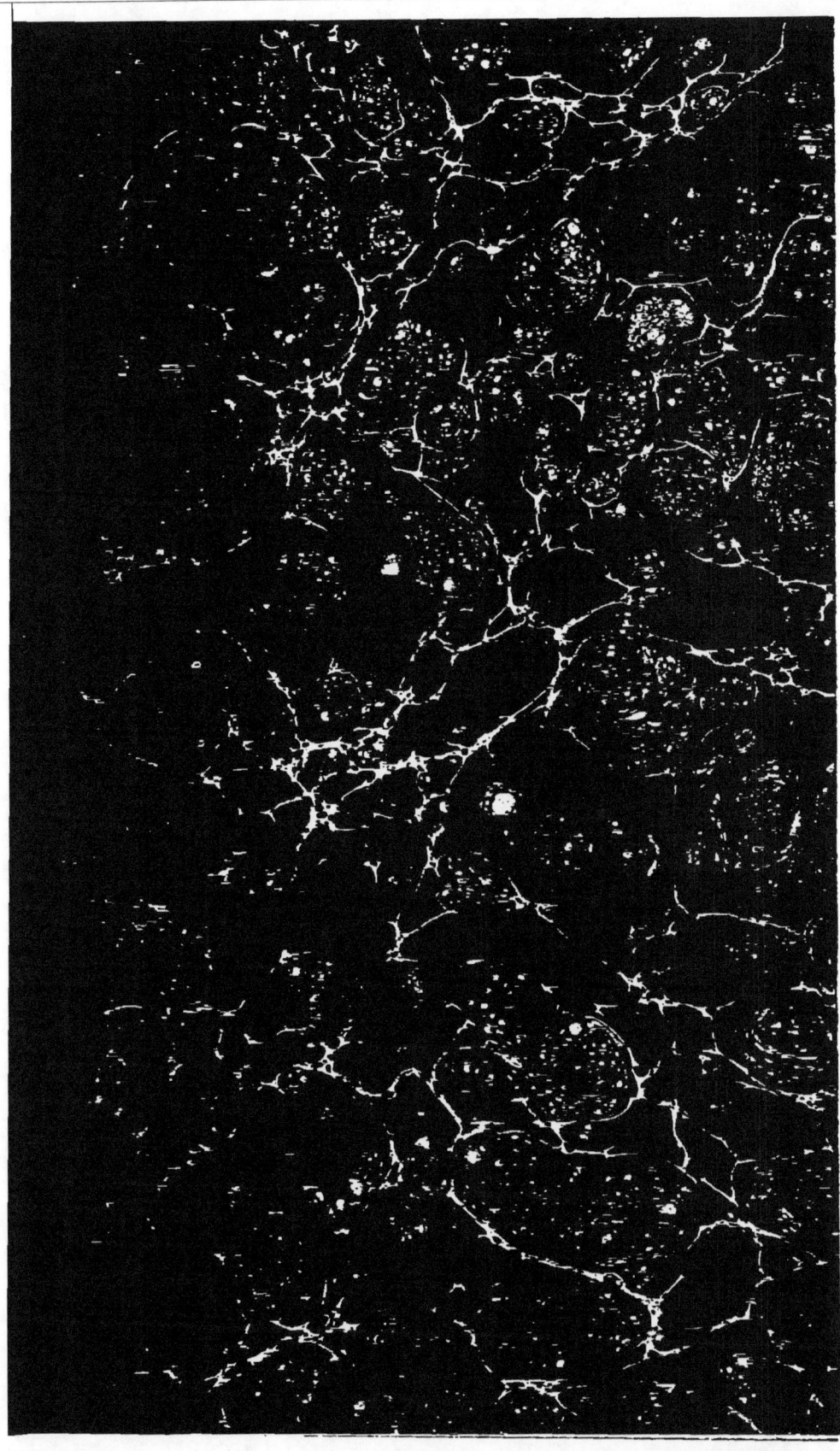

Z 2284
+ ρ. 4 . e

28920

VARIÉTÉS
PHILOSOPHIQUES
ET
LITTÉRAIRES.

VARIÉTÉS

PHILOSOPHIQUES

ET

LITTÉRAIRES,

Par George-Louis BERNARD.

« Il y a, dans la méditation des pensées honnêtes,
» une sorte de bien-être que les méchans n'ont
» jamais connu ; c'est celui de se plaire avec
» soi-même ».

J. J. Rousseau.

PREMIÈRE PARTIE.

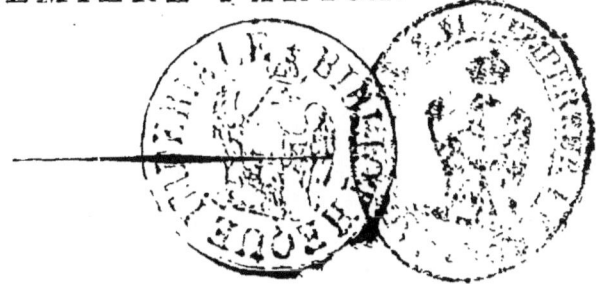

A PARIS,

CHEZ ANTOINE-AUGUSTIN RENOUARD.

1808.

Encore un livre de plus, ajouté peut-être à la foule de ceux, que doit submerger inévitablement le torrent, qui roule déjà sur tant de productions éphémères.

Quoi qu'il en puisse arriver, il est bon de prévenir que, bien que ce petit ouvrage ne soit rien moins qu'une compilation, il ne faut pas s'attendre à n'y trouver que des idées absolument neuves. Outre qu'elles ne sont pas toujours vraies, les idées neuves sont rares ; leur masse diminue nécessairement à mesure que les écrits originaux se multiplient; et un bon nombre même de celles qui passent pour telles, sont

plus anciennes que l'on ne pense ;
témoin, beaucoup de systêmes et
d'opinions rajeunies ; témoin, les
richesses antiques, dont les Muses
modernes se sont emparées, et les
larcins, plus fréquens encore, que
celles-ci se font réciproquement.

D'ailleurs, si les sciences natu-
relles font, de nos jours, des progrès aussi brillans que rapides, il
n'en est pas, à beaucoup près, de
même de la philosophie et de la littérature, qui ont été exploitées depuis long-temps par des génies su-
périeurs. Imiter de loin leurs chefs-
d'œuvre, ou glaner sur leurs pas ;
voilà à peu-près tout ce qu'il y a
désormais à faire dans ce champ si
habilement moissonné. Heureux
encore ceux qui, en le parcourant,

parviennent à découvrir çà et là, parmi tant d'herbes sauvages ou parasites, dont il est hérissé, quelques épis mûrs, propres à enrichir leur petite gerbe! Avec cela, ce n'est pas de la réputation, ni de grands éloges qu'ils doivent attendre des vrais connoisseurs; mais un regard d'indulgence, s'ils ne veulent que plaire, joint à un sentiment d'estime, si, de plus, leur but est d'être utiles.

Le premier moyen d'arriver à ce but (qu'on devroit toujours se proposer en écrivant), est de parvenir à se faire lire; et l'on n'y réussit guère, qu'en suivant le précepte d'Horace, c'est-à-dire, en alliant l'agréable à l'utile.

On a tâché de réunir l'un et l'autre dans ce petit recueil. Mais, comme la bonne intention ne suffit pas, et que tout ce qu'un auteur peut dire en faveur de son ouvrage, ne satisfait guère que son amour-propre ; on abandonne le reste au jugement des lecteurs, sur-tout à celui des hommes simples et sans ambition, que leur goût porte vers la vie retirée et la méditation.

VARIÉTÉS

PHILOSOPHIQUES

ET LITTÉRAIRES.

A LA RÊVERIE.

Aimable et douce Rêverie, ô toi, dont les mélancoliques inspirations répandent des charmes ineffables sur le songe de la vie, viens embellir encore ma fugitive existence, et fais-moi goûter des plaisirs, qui ne sont connus que des cœurs sensibles!

Fidelle à ma voix, tu descends du haut des cieux; la douce mélancolie, les tendres souvenirs, les espérances sans fin, les songes légers, les illusions enchanteresses , tous enfans badins de la féconde imagination , sont assis sur tes aîles, et planent avec toi sur l'océan des mondes et des temps.

Trop resserrée dans les bornes étroites du présent, tu sais l'enrichir à-la-fois de ce qui n'est plus , et de ce qui ne sera jamais, en agrandissant son domaine des vastes champs du passé et des riantes perspectives de l'avenir : c'est toi qui brises cette enveloppe grossière où l'ame est emprisonnée ; qui la fais vivre dans les siècles écoulés, et lui donnes une immensité d'existence, qui l'identifie pour ainsi dire avec le reste de la création.

Heureux le mortel paisible, qui, libre de soins et d'inquiétudes, peut se livrer , dans le calme de la retraite, à tes ravissantes extases! Seroit-il seul, dès que tu l'inspires? Non : c'est dans le sein de la société, c'est au milieu des villes tumultueuses, que l'ame

(3)

cesse hors d'elle-même est vrai-
isolée. Dans la solitude au con-
, occupée d'elle, de la nature
son auteur, elle repose sur sa
et goûte sans distraction le doux
ment de son existence.

s que la matinale Aurore a soule-
e ses doigts de roses, le sombre
de la nuit, et qu'elle commence
er les brillantes portes du ciel,
sée s'éveille : aussitôt la Rêverie
empare, et la promène dans tout
te empire de la Nature. Elle monte
char enflammé du Soleil, s'élève
lui jusqu'au haut de l'Olympe, et
dère de-là le petit globe de la
, suspendu dans le vide, et pré-
nt successivement à sa féconde
ère ses mers, ses lacs, ses villes,
s continens, devenus impercep-
à l'œil physique. Que tous les
ts de cet Être éphémère qu'on ap-
Homme, lui paroissent alors

ridicules et insensés ! Comme elle sourit de pitié à ces mots de gloire et de
puissance, dont les conquérans croient
enfler leur petitesse !

Les dernières limites du systême pla-
nétaire ne circonscrivent pas même
sa course rapide et audacieuse. A la
vue de cet océan d'azur où flottent,
depuis le débrouillement du chaos,
des mondes innombrables, qui s'a-
vancent tous ensemble, avec un ordre
et une précision admirables, vers
un but inconnu, elle y plonge et
s'y enfonce : mais, désespérant bientôt d'en pouvoir sonder les profon-
deurs, et contente d'avoir entrevu le
sublime pilote qui gouverne les astres,
elle se rapproche de la terre; s'abat sur
le sommet des montagnes, se repose
à l'ombre des noirs sapins ; descend
dans les paisibles vallées, suit les si-
nuosités des rivières qui serpentent à
travers les campagnes fleuries, et s'en-

dort au bruit des cascades ou au gazouillement des oiseaux.

L'astre du jour vient d'éteindre dans
la plaine liquide ses feux éblouissans,
et a laissé à l'extrémité de sa route une
longue file de nuages d'or et de pourpre. Les vents chauds du midi se sont
calmés ; les oiseaux ont cessé leur ramage, et le paisible laboureur est ren-
tré avec sa charrue sous son toit de
chaume. Toute la campagne, rafraî-
chie par la rosée, sommeille dans le
silence : déjà le Cocher et le char de
l'Ourse étincellent au firmament. Un
nouvel astre s'élève alors sur l'horizon : c'est le flambeau de la nuit. Il
répand peu à peu sa tranquille lueur
sur les humides prairies, sur les forêts
ténébreuses, et sur la surface polie des
eaux, qui reflettent de toutes parts son
disque argenté. A sa vue, la sensible
Philomèle, perchée sous le feuillage,
auprès du ruisseau murmurant, fait

retentir de son chant mélancolique les bosquets solitaires, et Echo réveillée sort de sa sombre grotte, pour répéter sa plainte touchante. Jeunes cœurs que l'amour enflamme, hâtez-vous d'aller soupirer avec elle ! voici l'heure courte mais fortunée, que la nature destine spécialement à la Rêverie.

Souvent, assise sur la cime d'un rocher escarpé, elle aime à promener ses regards sur la vaste étendue de la mer, et à voir les flots irrités se succéder sans interruption, et expirer en mugissant sur ses grèves blanchies d'écume.

La vue d'un navire battu de la tempête, et se soutenant à peine sur la surface mobile de l'abîme profond qui menace de l'engloutir, la fait penser en même temps aux avantages de la navigation, qui lie entre eux tous les peuples de la terre ; à l'audace de l'homme, à son génie et à sa cupidité

téméraire , qui affronte mille périls
pour aller chercher, aux extrémités
du globe, des biens dont le plus souvent il n'a que faire ; tandis que , d'un
autre côté, le son d'un flageolet rustique, la vue d'un hameau solitaire ou
d'un troupeau paissant tranquillement
sur le penchant des collines , lui fait
chérir le repos de la vie pastorale , et
lui offre une image imparfaite des charmes touchans de l'âge d'or.

Lorsque le souffle de l'Aquilon, pré-
curseur de l'hiver, a flétri la verdure
des prairies , et imprimé sur le feuillage des bois les pâles couleurs de la
mort, la rapide révolution des saisons
la ramène sur la brièveté de la vie humaine ; et, lorsque le hasard lui offre
au sommet d'une montagne, ou auprès d'un marais bordé de roseaux,
quelque édifice ruiné, du haut de ses
vieilles murailles tapissées de mousses,
festonnées de lierre toujours vert, et

couronnées d'arbustes, elle se plaît à contempler les ravages du temps, la fragilité des ouvrages de l'homme, et la permanence de ceux de la nature. Elle voit les nations, ainsi que la fleur printanière, naître, croître, briller un instant, décliner et périr, ne laissant d'autre trace de leur passage sur la terre que des médailles rongées, des colonnes renversées, des statues mutilées, des pierres amoncelées, des débris, des cendres, et des tombeaux.

C'est ici qu'effrayée du spectacle de la destruction, l'ame solitaire suspend un moment le cours de ses rêveries, et qu'elle appelle à son secours la Morale et la Religion pour lui expliquer, autant qu'il est possible, la plus importante et la plus difficile peut-être de toutes les énigmes, le but et la fin de son existence : l'une présente la vertu à ses recherches ; l'autre, l'immortalité à ses espérances.

DES LIVRES,

DE LA LECTURE

ET DES AUTEURS.

La lecture est une espèce de voyage dans le pays des morts, ou du moins dans celui des absens. On voyage par goût, on voyage par curiosité, on voyage par ennui, par habitude, par état, par nécessité. On lit de même. De cette foule d'hommes ambulans qui vont courir le monde, à peine en est-il deux qui se proposent exactement le même objet. Il en est de même des lecteurs.

Ce n'est pas assez d'avoir un bon livre, il faut encore savoir le lire. Mettez le même ouvrage entre les

mains d'un sot et d'un homme d'esprit; le premier n'y saura rien voir
de ce que l'auteur y a mis : il saisira
tout à faux, prendra chaque phrase
isolément, et ne fera que s'embrouil-
ler; tandis que l'autre rectifiera ses
idées, les étendra, s'en formera de
nouvelles, trouvera de l'or où celui-
là n'appercevoit que du sable, et du
clinquant où le sot croyoit voir de
l'or.

S'il est une méthode pour lire un
ouvrage avec fruit, il est de même un
certain à-propos, qui détermine l'impression qu'il nous fait. Cette impression dépend souvent moins de la nature du sujet, que du moment, des
circonstances, de l'intention, de l'état
de l'ame, de toutes les idées antécé-
dentes, et actuellement existantes. Il
y a des livres, et ce sont les meilleurs,
qu'on ne lit bien qu'à la campagne et
dans la solitude : il en est d'autres qu'on

ne peut lire que dans le monde, parce
qu'ils ne sont faits que pour le monde.

Lire, retenir ce qu'on a lu, et en
faire son profit, sont trois choses
toutes différentes, et qui ne marchent
pas toujours ensemble. On lit pour
s'amuser, rarement pour s'instruire ;
on lit pour les autres, presque jamais
pour soi ; on lit pour faire étalage de
ce qu'on a retenu, et non pour en
faire usage. Aux yeux même de la
plupart des gens de lettres, le savoir
est une monnoie sans valeur intrin-
sèque, et qui n'a de prix qu'autant
qu'ils peuvent l'échanger contre des
honneurs, des richesses, des applaudissemens ou de la réputation. S'il en
existe un parmi eux qui, sequestré
de la société, se trouvât disposé à
continuer le cours de ses études avec
le même plaisir et la même ardeur
qu'auparavant, celui-là seul aime les
connoissances pour elles-mêmes.

Après avoir beaucoup lu, et même beaucoup retenu, on peut être plus présomptueux qu'auparavant, sans être plus sage, attendu que meubler sa mémoire, ce n'est pas perfectionner son entendement. Une empreinte en détruit une autre. De même l'impression d'une lecture est bientôt effacée par une nouvelle, ou par la dissipation. Il résulte de tout cela un chaos d'idées incohérentes, de principes décousus, de sentimens indéterminés, qui gâte le jugement, offusque la lumière naturelle, et transporte bien souvent dans l'imagination le peu de sensibilité qui restoit dans le cœur.

En général, par rapport au moral, les livres ne sont guère utiles qu'à ceux qui pourroient s'en passer. Ils rendent meilleur celui qui est déjà bon ; mais ils ne corrigent pas le méchant, parce que les livres dont il pourroit profiter, il ne les lit point ; ou que s'il les lit, il n'en profite point. Et d'ailleurs, pour quelques hommes à qui les bonnes lectures profitent, combien les mauvaises n'en dépravent-elles pas? Combien de jeunes gens, sur-tout, qu'elles perdent à jamais? Ce faquin insolent, cet Exacteur cousu d'or, ce lâche efféminé, cette femme dissolue, quels ouvrages croyez-vous qu'ils vont lire? Sera-ce Plutarque, Epic-tète ou Fénélon? Non; c'est dans les cloaques infects de la littérature, qu'ils iront se pourvoir de tout ce qu'il y a de plus obscène, de plus im-moral; et si jamais ils adoptent quel-que système, ce sera infailliblement celui où, après avoir rabaissé l'homme au niveau des bêtes, on enseigne que sa seule fin est d'agir, de vivre et de mourir comme elles.

Les Anciens étoient riches en idées,

et sobres en paroles. C'est tout le contraire chez les verbeux modernes. Ils
mesurent pour ainsi dire, à la toise,
les livres et les discours, et les deux
qualités, dont leur volumineuse éru-
dition s'accommode le moins, ce sont
la précision et la concision. Chacun
sait cependant bien que l'hydropisie
n'est pas de l'embonpoint, et qu'un
pompeux étalage de mots ne sert
que trop souvent à couvrir le vide
des idées et des sentimens. Il n'y a
point non plus de pays où l'on trouve
autant d'échos et de gueux revêtus,
que dans l'âpre région du Parnasse.
Je suis persuadé que, si l'on retran-
choit de nos bibliothèques tous les
plagiaires, qui n'ont fait que se répéter servilement les uns les autres;
qu'on en exclût pareillement, d'abord
la foule très-nombreuse des auteurs
qui n'ont rien dit (quoiqu'ils aient
beaucoup disserté), puis la foule plus

considérable encore de ceux qui n'ont rien écrit d'utile ni d'intéressant ; et que, dans le nombre des ouvrages restans, après avoir fait un triage sévère de toutes les idées vraîment originales, de toutes les vérités vraîment neuves qu'ils contiennent, on les resserrât dans la moindre quantité de termes possibles : je suis persuadé, dis-je, que nos collections de livres se réduiroient alors au moins à la centième partie de ce qu'elles renferment actuellement.

Quand je vois une immense bibliothèque étaler à mes yeux, sous tous les formats imaginables, le recueil de tout ce qui a été fait, dit, écrit, décrit, compilé, abrégé, observé depuis plus de vingt siècles, je me trouve comme ce voyageur fatigué qui, trouvant une table servie de cent mêts divers, et ne sachant auquel donner la préférence, finit par se ras-

sasier de pain et d'eau, et s'en trouva
fort bien.   -

Si la multiplicité des livres a enri-
chi la littérature, il faut avouer qu'elle
a donné et donne encore bien de la
tablature à ceux qui la cultivent.
Avant d'oser penser par soi-même,
il faut savoir ce qu'ont pensé les
autres. Avant de prendre la plume, il
faut se résoudre à compulser des milliers de volumes, afin de s'assurer si
ce qu'on avoit à dire n'a point déjà
été dit avant nous. Ainsi l'esprit s'é-
puise à la recherche des idées et des
opinions étrangères ; il est accablé de
leur-nombre, de leur éternelle contradiction : peu à peu il perd son res-
sort et sa rectitude naturelle ; à force
de lire on devient stupide ou scepti-
que ; et c'est beaucoup si, après de
longues et pénibles veilles, on meurt
instruit de ce qu'ont pensé nos prédé-
cesseurs.

Qui nous donnera le fil d'Ariane pour sortir de ce labyrinthe? le simple sens commun. Puisque nous ne pouvons tout embrasser, sachons choisir et nous restreindre. Et, au lieu de suivre le cours de tous ces innombrables ruisseaux, allons boire à la source, et tenons-nous-y. Il vaut, sans contredit, beaucoup mieux lire vingt fois un bon ouvrage, que de lire une fois vingt ouvrages médiocres ou mauvais. Le bon, le beau et l'utile sont rares en toutes choses : attachons-nous-y, et laissons courir tout le reste. En suivant cette marche, nous verrons le nombre prodigieux des volumes diminuer tout d'un coup; et leur lecture, n'absorbant point tout notre temps, nous en laissera assez pour réfléchir, et pour voir par nos propres yeux.

Si votre goût vous porte vers l'éloquence, la poésie, l'histoire, la phi-

losophie morale, vous trouverez peut-
être dans chaque genre cinq ou six
modèles chez les anciens, et autant
chez les modernes. Si vous aspirez au
contraire à devenir savant, érudit,
homme universel, lisez; je réponds
que la vie vous manquera plutôt que
les livres. Si vous ne cherchez qu'à
tuer le temps, voilà le déluge des romans; embarquez-vous-y, en prenant
toutefois garde que votre cœur ou
votre imagination n'y fasse naufrage.
Enfin, si vous n'avez d'autre but que
de vous rendre meilleur, d'élever
votre ame, et de la fortifier dans la
vertu; alors très-peu de livres vous
suffiront; et votre bibliothèque,
comme votre société, ne sera com-
posée que d'un petit nombre d'amis
choisis, qui vous seront toujours fi-
dèles, que vous aurez l'avantage de
pouvoir quitter et reprendre quand
il vous plaira, et qui seront toujours

prêts à vous aider de leurs conseils,
et à vous consoler dans l'adversité.

————

Le siècle de Louis XIV a produit
deux ouvrages uniques, en ce que
l'un a laissé bien loin derrière lui les
modèles désespérans de l'antiquité,
tandis que l'autre n'en a point eu;
uniques encore en ce que l'un a été
traduit dans toutes les langues de
l'Europe, tandis que l'autre est intra-
duisible; deux ouvrages qu'on ne se
lasse jamais de lire et de relire, qu'on
ne quitte que quand on les sait, pour
ainsi dire, par cœur, et qui renferment chacun le cours de morale et
de politique le plus agréable sans
doute, et peut-être le plus utile qui
existe; deux ouvrages enfin qui,
comme le soleil, à force d'être com-
muns, n'excitent point assez notre
reconnoissance et notre admiration

pour leurs auteurs : ce sont les fables de La Fontaine et le Télémaque. Aux brillantes compositions des Corneille, des Racine, des Molière, etc., les Étrangers peuvent opposer d'autres productions équivalentes, ou du moins approchantes dans le même genre; mais ils n'ont rien à mettre en parallèle avec celles de La Fontaine et de Fénélon. Ces deux écrivains, aussi uniques par la touche de leurs ouvrages qu'ils l'étoient par la trempe de leur caractère, possèdent au suprême degré le rare talent de se faire aimer du lecteur, sans rien perdre de l'admiration qui leur est due; ce qui n'arrive pas toujours, comme l'a très-bien observé La Rochefoucault (1). On admire Corneille, Pas-

_____

(1) « Nous aimons toujours ceux qui nous admirent, mais nous n'aimons pas toujours ceux que nous admirons ».   *La Rochef.*

cal, Bossuet, et d'autres encore ; mais
leurs écrits seuls ne les font point
aimer. Avec La Fontaine ou Fénélon,
toutes les prétentions réciproques de
l'auteur et du lecteur disparoissent
sur-le-champ, pour faire place à la
confiance la plus illimitée : en les li-
sant, on sent qu'on est avec ses in-
times amis. Voilà sans doute pourquoi
leurs préceptes ne manquent guère
de fructifier dans un cœur bien né ;
car rien ne fait mieux goûter la leçon,
que l'estime et l'affection qu'on a
pour le maître.

C'est à quoi, cependant, la plupart
des écrivains et des prédicateurs ne
songent pas assez ; sans cela ils com-
menceroient par prêcher d'exemples,
ce qui vaudroit beaucoup mieux que
de beaux discours. Eh ! de quel droit
prétendent-ils qu'on les croie sur pa-
role, puisqu'eux-mêmes, à en juger
par leur conduite, ne sont pas per-

suadés de ce qu'ils disent? Que Marc-Aurèle et Fénélon fassent l'éloge de la vertu, et en recommandent l'exercice, c'est à eux, qui l'ont pratiquée toute leur vie, qu'il appartient d'en parler dignement, et d'en donner le précepte; mais qu'un rhéteur enflé de phrases, qu'un misérable grimaud pétri de vices s'ingère de prêcher la morale, et vienne nous enseigner l'art d'être heureux, il aura beau s'évertuer, il n'en ressemblera pas moins à ce charlatan enrhumé, qui vendoit un remède infaillible contre la toux.

Médecin, guéris-toi toi-même. Philosophe ou orateur, moraliste ou fabuliste, qui que vous soyez, faites premièrement ce qui est bien, et dites-le ensuite, si vous en avez le temps et le talent. Alors seulement et pas avant, vous pourrez compter sur des prosélytes. Mais, tant que vos actions seront en contradiction avec

vos paroles, quelque talent que vous
ayez d'ailleurs, vous prêcherez toujours dans le désert ; car le lecteur,
qui compare sans cesse ce que vous
avez fait avec ce que vous avez dit, ne
voyant en vous que des fourbes et des
hypocrites, se défiera également des
bonnes et des mauvaises choses que
vous lui débiterez. C'est ainsi que la
vie de l'auteur gâte souvent les meilleurs ouvrages, et en rend l'effet nul.

———————

Ainsi que le soleil, les productions
du génie éclairent tout le genre humain. Elles ne périront point ; mais
tous ces écrits fastidieux, dictés par
l'intérêt, par le mensonge, par la
flatterie, par la manie d'écrire, auront le sort de ces feux follets qui,
nés de la vase impure des marais et
de la corruption des voiries, après
avoir amusé ou séduit un instant le

voyageur par leur lueur vacillante et trompeuse, s'évanouissent pour toujours dans la nuit.

Combien d'ouvrages, autrefois vantés, ont déjà passé chez l'épicier ; et combien d'autres dont nos neveux feront justice ! Que de méchans poëmes, de pauvres comédies, de fades rapsodies, de misérables romans, de plats éloges, de petites brochures bien légères, et de gros traités bien lourds, vont être ensevelis pour jamais dans les gouffres du Léthé, avec les noms de leurs illustres auteurs ! Avec tout cela, il n'est pas un barbouilleur de papier, qui ne croie bonnement travailler pour la postérité.

———

Pour un apôtre de la vérité, vous pourrez toujours compter mille prédicateurs du mensonge, prêts à vendre

bassement au plus offrant leurs phrases avec leur conscience. N'attendez
rien de ces écrivains mercenaires ; ce
n'est que la faim qui dirige leur plume.
Et que leur importe le vrai, le faux, le
juste, l'injuste, pourvu qu'ils ne désa-
gréent pas à ceux qu'ils craignent, et
qu'ils plaisent à ceux dont ils espèrent,
quelques faveurs, ou qui les salarient?
Parmi ces vendeurs de mots, quelques-
uns sans doute ont des talens ; mais les
talens font plus de mal que de bien, sitôt que la probité et la vertu n'en sont
pas les régulatrices. Le grand écrivain
est un homme de génie, inaccessible
à toute considération humaine, et à
qui la vérité est plus chère que la vie.
Lui seul de sa classe est utile à ses semblables, parce qu'il leur parle du fond
de la tombe : je veux dire qu'il s'y
enfonce par la pensée, mettant déjà
d'avance entre lui et les tyrans de
toute espèce, cette barrière sacrée qui

sépare à jamais l'empire du mensonge
de celui de la vérité.

————

Il y a des livres qui sont mauvais,
précisément par cela même qu'ils plaisent à un trop grand nombre de lecteurs. Ici, comme en bien d'autres
choses, ce n'est pas la quantité, mais
la qualité qu'il faut peser. Dans la bouche de certains hommes, le blâme est
souvent le meilleur de tous les éloges,
et le suffrage modeste d'un seul con-
noisseur vaut sans contredit beaucoup mieux que les applaudissemens
bruyans d'un million de sots.

————

On rencontre dans la prétendue ré-
publique des lettres, deux classes
d'hommes qui ne se ressemblent point.
Les uns, qui ne sont pas à beaucoup
près les plus nombreux, ont seuls ho-

noré la carrière littéraire; les autres ne font que l'avilir. Ceux-ci entendent merveilleusement l'art sublime de faire la cour aux grands et aux riches; ils se prêtent avec une souplesse admirable à tous leurs caprices et à leurs insolens dédains; ils sont les échos de leurs préjugés, applaudissent à tout rompre aux platitudes qu'ils disent, aux injustices qu'ils font, et savent leur adresser de bien jolis couplets, assaisonnés d'agréables mensonges : aussi font-ils assez bien leurs affaires. Quant aux autres, qui ont le malheur de ne respecter que ce qui est vraiment respectable, et qui ne savent vivre que d'indépendance, ils sont pour l'ordinaire haïs, honnis, persécutés, et ce qu'il y a de pis, souvent exposés à manquer du nécessaire.

Hommes, qui n'avez que de l'ame et point de fortune, fuyez la carrière

des lettres. Quittez vos livres; prenez
la hache ou le marteau; devenez for-
gerons ou portefaix. Vous ne saurez
pas tant de choses, il est vrai; mais en
revanche vous jouirez d'une existence
moins précaire, vous vous porterez
mieux, et vous vivrez plus contens.

La main est le plus sûr et le plus prompt secours.

Liv. **x**, *fab.* 16.

C'est La Fontaine qui l'a avancé, et
c'est l'expérience qui le confirme.

———————

Il est des ambitieux qui ne sauroient
vivre contens, si leur cotterie, leur
ville, leur pays, ou l'Europe, ne s'oc-
cupent de leur existence. Le sage a-t-il
besoin, pour jouir de ses idées, que
d'autres les connoissent? Dans la plus
profonde solitude, il en jouit comme
de ses bras et de ses jambes, et beau-

coup mieux sans doute que dans le vain
fracas du monde. Ce qu'il y a de flatteur,
de vraiment délicieux dans l'exercice de
la pensée, c'est le sentiment de sa nature incoërcible, qui secoue toutes les
entraves et ne reconnoît aucune barrière. Ce sentiment agrandit l'homme,
le console, et lui fait regarder en pitié tous ces misérables, qui ne souffrent pas qu'on franchisse les sages limites qu'ils ont posées : vrais charla-
tans qui voudroient forcer tout le
monde à s'empoisonner avec leurs
drogues.

Les auteurs s'engouent de leurs
idées comme les pères de leurs enfans.
Ceux-ci ont beau être gâtés, difformes,
contrefaits; ces pères tendres ne se
soucient pourtant pas qu'on le leur
dise; et ils les préfèrent, tels qu'ils
sont, à tous les autres enfans du
monde. Il en est de même des fai-
seurs de livres. Passe encore pour

cela ; mais tout homme qui s'imagine
que le public prend, aux événemens
de sa vie ou aux productions de son
cerveau, un intérêt égal à celui qu'il
y prend lui-même, est incontestable-
ment un sot; et sa sottise se change
en impertinence, dès qu'il veut à toute
force que ce même public soit instruit de tout ce qui le regarde. Ecrire
pour écrire, et parler pour parler,
sont, ce me semble, deux choses
très - messéantes à un homme rai-
sonnable, qui connoît le prix des
choses et celui du temps. Mais les écri-
vailleurs sont comme les bavards, à
qui rien ne coûte tant, que de sacri-
fier au Dieu du silence.

J'ai fait cette remarque, sans me
douter qu'elle renferme peut-être ma
propre condamnation. N'importe ,
pourvu que l'observation soit juste.
C'est d'ailleurs un mal nécessaire, sur-
tout depuis que le législateur du Par-

nasse français a donné, à tout le monde indistinctement, plein pouvoir de barbouiller du papier.

Ecrive qui voudra ; chacun à ce métier
Peut perdre impunément de l'encre et du papier.

BOILEAU.

J'use donc de mes droits tout comme un autre.

LE PAPILLON.

J'ÉTOIS assis un jour au bord d'une fontaine limpide, ombragée par un bouleau, et d'où s'échappoit un petit ruisseau qui, après avoir parcouru une prairie émaillée de diverses fleurs, alloit se jeter, à peu de distance de là, dans le golfe de Finlande. La soirée étoit belle, quoiqu'un peu fraîche; et la voûte azurée du ciel, bordée au couchant d'une vive teinte de pourpre, embrassoit un horizon assez étendu; bien qu'il n'offrît pas, à beaucoup près, cette richesse et cette variété qui donnent tant de graces à la campagne, dans d'autres régions plus favorisées de la nature. Je laissois librement errer mon imagination sur une foule d'idées qui se succé-

doient rapidement, et que le calme
de la solitude et le spectacle des objets
champêtres ne manquent guère de
faire naître à un esprit un peu enclin
à la méditation, lorsque le souffle du
vent détacha tout-à-coup d'une très-
belle rose, qui s'inclinoit sur les bords
de la fontaine, quelques feuilles qui
voguoient à sa surface comme autant
de petites nacelles. Je plaignois le sort
de cette aimable fleur qui, s'épanouissant le matin aux doux rayons du soleil, est déjà flétrie avant son coucher : ainsi la beauté, me disois-je,
après avoir enchanté un instant le
cœur des hommes, s'éclipse bien
vîte, et ne laisse plus que des regrets. L'onde agitée, qui s'écouloit et
se renouveloit sans cesse, m'offroit
une image de la vie humaine et de la
succession rapide des générations. Je
me disois :

Ainsi, par le torrent des âges,

L'homme inconstant est emporté,
Et dans une mer sans rivages
Il se voit bientôt submergé.
Encor souvent dans son printemps
Sa vie est-elle moissonnée,
Et l'instant, qu'on appelle année,
S'enfuit sur les ailes du temps.

Etoit-ce la peine de naître pour
vivre si peu d'instans ? Tandis que
j'étois absorbé dans les sombres pensées que m'inspiroit cette idée de destruction totale, qui semble menacer
l'existence de l'homme, un joli papillon, après avoir long-temps voltigé
dans la prairie, vint se reposer sur
une des feuilles de rose qui nageoient
encore au milieu de la fontaine. L'insecte volage, agitant ses petites ailes,
sembloit prendre plaisir à voguer
ainsi sur la surface du liquide élément, et attiroit peu à peu mon attention par l'éclat et la variété de
ses riches couleurs. Il me retraçoit

l'image de la déesse de la beauté, se
promenant sur les eaux dans sa con-
que traînée par des cygnes; et mon
imagination vagabonde alloit me plonger dans la fabuleuse antiquité, lorsqu'un coup de vent, faisant balancer
la frêle nacelle, précipita l'imprudent
habitant de l'air au milieu des flots,
et détruisit en un instant le tissu délicat qui formoit sa parure.

Je restois donc là tranquille spec-
tateur du naufrage de ce petit navi-
gateur; et comme on s'intéresse ordinairement aux malheureux, ne pouvant rendre à celui-ci ses vives couleurs, je déplorois au moins son
malheureux sort, et je le blâmois de
s'être ainsi exposé à la merci d'un
élément qui n'est pas le sien. L'histoire de sa vie me revint à l'esprit.
Cet insecte charmant, me dis-je, qui
jouissoit naguère, dans les champs de
Flore, d'une si brillante existence,

a d'abord été chenille, puis chrysalide, avant de devenir papillon ; il rampoit avant de voltiger. Par quelle inconcevable métamorphose a-t-il pu passer ainsi de la mort à la vie, et devenir ce qu'il est? Ce changement de forme, en m'offrant une image sensible de la résurrection, me fit croire à sa possibilité. Si la nature, continuai-je, a pu faire un pareil miracle en faveur d'un insecte éphémère, pourquoi n'en feroit-elle pas un bien plus grand encore en faveur de l'homme, qui vaut infiniment mieux, et qui est évidemment l'objet de ses plus tendres soins? Cette réflexion, dissipant peu à peu mes premières craintes, me tranquillisa ; et je me retirai, bien convaincu qu'A PRÉSENT NOUS SOMMES CHENILLES, MAIS QU'APRÈS AVOIR CESSÉ DE L'ÊTRE, NOUS RENAÎTRONS PAPILLONS.

L'AMITIÉ.

CONTE ALLÉGORIQUE.

Non loin des rives fortunées, où la belle Cypris reçoit les vœux et l'encens des mortels, il y avoit autrefois un petit canton, dont les habitans, séparés du reste de l'île par de hautes montagnes, se distinguoient depuis long-temps par la bizarrerie de leur caractère. Ils n'étoient pas précisément ce qu'on appelle sauvages, puisqu'ils vivoient en société; mais ce tendre intérêt, qui attache un homme à un autre homme, leur étoit inconnu, et leurs cœurs paroissoient entourés d'une barrière impénétrable, qui n'en laissoit rien sortir.

En vain la nature étaloit ses beautés

à leurs yeux, et leur prodiguoit ses plus doux bienfaits ; leur admiration, comme leur reconnoissance , étoit muette et si stupide, que ces deux sentimens leur étoient pour ainsi dire étrangers. Lorsqu'ils étoient malades , ils avoient bien des médecins qui leur administroient des remèdes pour leur argent ; mais ils ne trouvoient personne qui fût disposé à les plaindre ou à les consoler ; et leurs maux, en se concentrant au-dedans d'eux , sembloient s'y perpétuer. Comme ils habitoient une terre consacrée à la Mère des Amours, ils étoient naturellement soumis à son empire ; mais les amans malheureux, ne sachant à qui confier leurs peines, étoient forcés de les dévorer, et les rochers seuls répétoient leurs plaintes et leurs soupirs.

Cependant les Dieux furent touchés de la triste situation de ces infortunés, et résolurent de les en tirer. Ils firent

descendre sur la terre une Divinité
bienfaisante, qui, paroissant tout-à-
coup au milieu d'eux, leur adressa ces
paroles : « Hommes insensibles et mal-
» heureux ! vos cœurs sont des gouf-
» fres d'où rien ne sort : tant que vous
» ne vivrez que pour vous seuls, vous
» traînerez des jours déplorables et
» pleins d'ennui. Apprenez que ce n'est
» qu'en travaillant au bonheur des au-
» tres qu'on assure le sien, et connois-
» sez enfin quels sont les charmes de
» mon empire ».

Ayant dit ces mots, la Déesse dissi-
pa le voile épais qui enveloppoit le
cœur de ces hommes insensibles, et
les rendit capables d'amitié ; puis, re-
montant vers l'Olympe, elle disparut.

Il seroit difficile de peindre la joie
dans laquelle ces hommes régénérés
se virent tout d'un coup plongés. Leurs
cœurs, jusqu'alors fermés aux plus
douces émotions, commencèrent à

s'épanouir à toutes les passions aiman-
tes, et sentirent pour la première fois
le charme des épanchemens mutuels.
On vit naître parmi eux des liaisons
uniquement fondées sur l'estime et sur
la vertu, et que le temps ne faisoit que
cimenter. Sur le rivage de la mer, ils
érigèrent à l'Amitié un temple magnifique, dont l'architecture noble et
simple effaçoit en beauté celle même du
temple d'Idalie. Heureux, s'ils avoient
pu y porter long-tems leurs offrandes !
Mais on prétend que l'Amour, qui
aime tant à se nourrir des tourmens
qu'il enfante, jaloux du culte pur
qu'on rendoit à la Déesse, et des remèdes salutaires qu'elle opposoit à ses
blessures, se ligua avec l'Intérêt et
l'Egoïsme, qui profanèrent les autels
de l'Amitié. Dès-lors, le nombre de ses
vrais adorateurs alla toujours en di-
minuant, et son temple n'offre plus
aujourd'hui que quelques colonnes qui

s'élèvent çà et là sur un tas de superbes ruines, auprès desquelles les frêles
navires, agités par la tempête, vont
encore chercher un abri contre la fureur des vagues.

L'AMOUR.

CONTE ALLÉGORIQUE.

Un jour la jeune Aglaé, se promenant dans une prairie, rencontra l'Amour qui cueilloit des fleurs au bord d'un ruisseau. Il en formoit une guirlande, qu'il vouloit porter à Vénus. Surprise de la beauté naïve de cet aimable enfant, Aglaé le contemple, l'admire, l'appelle et lui sourit. L'enfant s'approche d'un pas timide, mais elle l'a bientôt rassuré par ses caresses.

Cependant l'Amour, épris des charmes d'Aglaé, oublioit sa mère auprès d'elle ; et Aglaé, touchée des graces ingénues de l'Amour, ne cherchoit qu'à le retenir dans ses chaînes. Cet enfant, d'abord craintif et modeste, s'appri-

voisant peu à peu, devenoit toujours
plus exigeant et plus hardi. Tantôt,
sous prétexte de rajuster les blonds
cheveux d'Aglaé, flottans au gré du
zéphir, il passoit légèrement sa petite
main sur son cou d'albâtre; tantôt voulant écarter, disoit-il, une mouche
prête à la piquer, il soulevoit furtive-
ment la gaze transparente qui couvroit
son beau sein. Le premier jour il s'étoit
trouvé trop heureux d'oser lui offrir
une couronne de roses; le second, il
lui serra la main; le troisième, il lui
déroba un baiser; enfin le quatrième,
s'étant assis sur ses genoux, il s'y endormit.

~~~~~~

DES SOTS ET DE LA SOTTISE.

Il n'y a point d'empire plus étendu ni plus absolu que celui de la sottise. Elle paroît être la reine du monde sublunaire. L'erreur, l'ignorance et les préjugés sont ses premiers minis-tres ; l'orgueil et la présomption, ses héraults d'armes, et les ennuis, ses va-lets de pied. Souvent elle préside ma-jestueusement dans les conseils, et s'empare des premières loges dans les spectacles, et des premières places dans les assemblées. C'est dans un su-perbe palais, attenant à celui de la Fortune, qu'elle tient cour plénière, et donne bêtement audience à ses nombreux sujets. En vain la raison ose par fois réclamer contre d'injusles arrêts : la sottise, à la voix de Stentor, l'a bientôt effarouchée par ses clameurs, ou la fait taire au bruit de ses sifflets.

O bienheureux les pauvres d'esprit!... J'ignore ce qu'ils feront dans l'autre monde ; ce qui est bien certain du moins, c'est qu'ils jouent déjà un fort beau rôle dans celui-ci. Voilà sans doute pourquoi tout va si bien sur cette planète.

Si le bonheur individuel est le plus haut degré de perfection que puisse atteindre un être sensible, il faut convenir que les sots sont le chef-d'œuvre de la nature. Ce n'est donc pas sans raison qu'elle en a si fort multiplié la noble engeance sur la terre.

En effet, est-il possible d'imaginer un être plus heureusement organisé, qu'un sot amoureux de sa propre personne? Tout l'occupe, tout l'intéresse, et tout l'amuse, parce que, ne com-

parant rien, n'examinant rien, ses
sens sont continuellement frappés par
le charme puissant de la nouveauté.
Mais que dis-je? a-t-il besoin, pour
être heureux, de l'action des objets
extérieurs? Non, car il se suffit à lui-
même. Il seroit seul dans l'univers,
qu'il y trouveroit encore un sujet
inépuisable de contentement et d'admiration. C'est son état naturel d'être
toujours pleinement satisfait de lui-
même, et, si quelque chose l'en écarte
un instant, il ne tarde pas à y revenir,
comme le balancier à son point de
repos.

Non-seulement rien ne vieillit pour
lui, mais il possède encore le privilége inappréciable de jouir de ce qui
n'est pas, et de n'être point affecté
de ce qui est : sa sotte et présomp-
tueuse ignorance n'existe que pour le
supplice des autres ; elle est nulle
pour lui, car il ne la sent jamais. Elle

disparoît devant l'éclat éblouissant de ses perfections.

Que de nuances pittoresques, depuis le sot encensé, jusqu'au dernier de ceux qui lui portent envie! Certes la nature offre moins de variété entre le lichen d'Islande et le pin du Chili. Tout comme celui - ci élève dans les nues son front chargé d'une éternelle verdure, je vois de même le sot de condition dominer avec majesté sur la brillante cohue de ses stupides admirateurs.

Qu'on vante tant qu'on voudra la sagesse de Socrate, le savoir d'Aristote, l'éloquence de Démosthène, les conquêtes d'Alexandre ou de Tchinguis Kan; tout cela me touche peu : mon héros à moi, c'est Midas, c'est le sot de qualité.

Il faudroit être lui pour savoir de quelle immensité de bonheur il jouit à chaque instant de sa vie. Tous les

objets qui l'environnent sont pour lui
autant de verres à facettes, qui lui reflettent de toutes parts sa charmante
image, et où il se mire délicieuse-
ment.

Heureux de l'intrépide bonne opinion qu'il a de lui-même, que lui
importe celle des autres? Vainement
chercheroient-ils à l'ébranler. Il ne
voit en eux qu'autant d'envieux, jaloux
de son mérite et de sa gloire; et tous
les traits du ridicule s'émoussent contre la triple cuirasse, qui enveloppe
le précieux dépôt de son entendement.

Voulez-vous savoir comment il a pu
s'élever à ce haut degré de félicité ?
C'est que, par un trait de génie qui
n'appartient qu'à lui seul, il a su s'in-
corporer mille objets qui ne sont point
lui. Tandis que le sage s'obstine à con-
sidérer sa personne, indépendam-
ment de toutes les choses externes ;

tandis qu'il ne l'apprécie physique-
ment que par le petit volume d'air
qu'elle déplace, le sot de qualité regarde ses valets, ses biens et ses vête-
mens, comme autant de parties inté-
grantes de lui-même; et, enflé de tout
cet attirail, il ne se lasse point d'admirer l'étendue de l'espace qu'il occupe dans l'univers.

Un brillant équipage l'attend à la
porte. Il descend à pas comptés, suivi
de quelques estafiers, et s'assied fière-
ment sur son importance.

Voyez de quel regard dédaigneux il
effleure la canaille qu'éclabousse son
char, ce char, dont le roulement flatteur
lui paroît être la trompette de la Re-
nommée, qui publie à grand bruit
son passage, et annonce de loin son
approche.

Mais le voici : les deux battans s'ouvrent avec fracas. Place, place au sot
de qualité ! Un air de béatitude épa-

nouit tous les traits de sa physionomie. N'en soyez pas surpris ; car il
sent fort bien que, sans lui, le systême des êtres manqueroit d'un an-
neau nécessaire. A sa vue, les sources
du mensonge et de la flatterie s'ouvrent avec abondance, et coulent à
grands flots dans son oreille enchan-
tée. Fait-il quelque balourdise ? à l'instant de nombreux applaudissemens
proclament la finesse de son tact. Dit-
il une bêtise ? des éclats de rire uni-
versels la portent aussi-tôt en triomphe dans toute l'étendue du salon.
Parle - t - on de ses titres ? il étale ses
cordons ; de sa fortune ? il se rengorge,
comme pour étendre ses possessions.
Fait-on l'éloge de son esprit ? un sourire complaisant semble annoncer
qu'il en a fait la découverte avant tout
autre. O l'heureux mortel qu'un Midas
imbécille ! Tout ce qui existe concourt
à sa félicité, et il en est lui-même le

principal artisan. Les grands le mé-
nagent, les petits le prient, les flatteurs l'encensent, les sots lui portent
envie, l'homme d'esprit seul lui rend
justice.

HÉLÈNE,

OU LE POUVOIR DE LA BEAUTÉ.

FRAGMENT.

A PEINE l'Aurore trace à l'Orient la route du Soleil, qu'une musique guerrière réveille les heureux Spartiates, et chasse les aimables Songes, enfans badins du Sommeil. Tous les yeux s'ouvrent à la lumière ; tous les cœurs s'épanouissent à la joie.

Sur le penchant d'une colline s'élève, auprès d'un bois sacré, un temple antique, dont les colonnes de marbre blanc se réflètent dans les eaux limpides de l'Eurotas! Déjà le Dieu du jour en dore la façade de ses premiers rayons, et éclaire un peuple nombreux, rassemblé pour célébrer la fête de Minerve.

Des acclamations et des cris de joie, mille fois répétés, s'élèvent dans les airs; le son des instrumens retentit au loin dans les vallons et sur les côteaux : une douce ivresse coule peu à peu dans tous les cœurs; et à chaque instant la joie publique augmente la joie de chacun, qui retourne soudain à sa source, pour l'accroître à son tour.

Bientôt on voit paroître un brillant cortége, qui s'achemine lentement vers le temple de Minerve, à travers les flots du peuple qui couvre la plaine. A sa tête, marche en cadence un chœur d'enfans et de jeunes garçons brillant de santé, qui font tout à la fois l'ornement, et la plus chère espérance de la patrie. Ils chantent des hymnes en l'honneur de la Déesse, et sont suivis d'un chœur de jeunes filles, qui marient

leurs douces voix à celles des jeunes
garçons. Aussi fraîches que les roses
nouvellement cueillies qui couronnent
leurs têtes, elles portent des corbeilles
pleines de fleurs, de fruits et de parfums.

Enfin, au milieu d'un groupe
composé des plus belles femmes de
Sparte, on apperçoit Hélène, leur
reine. Quoique chacun la connoisse,
tous se demandent en la voyant : n'est-
ce point Vénus? N'est-ce point Minerve elle même, qui est descendue
parmi les mortels, pour être l'objet de
leurs adorations?

S'il n'y avoit point d'Hélène à
Sparte, chacune des femmes qui l'entourent passeroit peut-être pour une
beauté; mais, sitôt qu'elle paroît,
toutes s'éclipsent devant elle, comme
les étoiles à l'aspect du soleil. On n'a
des yeux que pour elle : ses charmes
entraînent avec une force et une ra-

pidité, qui ne laissent aucune prise à
la réflexion.

On peut dépeindre les autres femmes.
On parle du feu de leurs yeux, de la
fraîcheur de leur teint, de la blancheur
de leur peau : il faudroit être bien téméraire pour entreprendre le portrait
d'Hélène. Tout ce qu'on en peut dire,
c'est : Qu'elle est belle !

Eh ! quel mortel oseroit arrêter sur
elle ses regards, sans être accablé du
poids de tant de beautés réunies ?
Bientôt ses yeux se couvriroient d'un
nuage épais, et son cœur troublé se
mourroit de langueur, avant que sa
main tremblante eût pu en crayonner
les premiers traits.

Contemplez ces guerriers, qui tant
de fois ont affronté la mort au milieu
des combats : voyez ces marins, qui si
souvent ont bravé la fureur des flots
et des tempêtes. Ils sont timides comme
des colombes, en voyant passer la prin-

cesse ; ils n'osent lever les yeux, de peur de rencontrer ses regards, et ils se surprennent tremblans pour la première fois.

Il n'en est aucun qu'elle ne pût d'un seul geste élever au-dessus de lui-même ; aucun qui ne s'estimât heureux de marcher à la mort pour lui plaire ; aucun, enfin, pour qui un seul de ses regards ne fût une récompense mille fois plus douce que tous les trésors de l'univers.

Mais entrons avec elle dans ce temple, où, aux accords de la lyre, elle doit bientôt exécuter des danses. Voyez quelle noblesse dans sa démarche, quelle grace et quelle précision dans tous ses mouvemens ! Chaque geste, chaque attitude dévoile de nouvelles beautés, qui semblent naître voluptueusement les unes des autres. L'ame des spectateurs s'amollit par l'impression de tant d'attraits, comme une cire molle se liquéfie aux rayons brûlans du soleil.

Il y a déjà long-temps que la reine de Sparte a disparu, et qu'elle partage la couche de l'heureux Ménélas. Cependant chacun croit la voir encore, et son image est restée empreinte dans tous les yeux comme dans tous les cœurs.

O Beauté trop funeste! que de ruisseaux de sang et de larmes tu vas faire couler! Le moment n'est pas éloigné, où des nations entières, acharnées les unes contre les autres, s'entre-détruiront pour assouvir les haines et les dissentions, que tu dois faire éclore.

O femmes! quel est votre empire! C'est bien à vous, et à vous seules, qu'appartient le privilége de conquérir. Tandis que les plus grands héros ne parviennent à soumettre les hommes que par la force, vous les subjuguez par la douceur, et vous faites

autant d'esclaves, qu'il y a d'hommes
sensibles. Les conquérans ne doivent
leurs triomphes qu'à ces milliers de
bras qu'ils font agir ; les vôtres vous
appartiennent tout entiers, et vous ne
les devezqu'à vous-mêmes. Cependant,
soyez modestes, et ne vous énorgueil-
lissez point de vos avantages. Songez
que la beauté, sans la sagesse, est un présent aussi funeste à celle qui l'a reçue,
qu'à l'imprudent qui la recherche, et
souvenez-vous sans cesse que Minerve,
Vénus et l'Amour réunis, forment le
plus beau groupe, que vous puissiez
offrir aux hommages et à l'admiration
des hommes.

~~~~~~

SONGE.

Chacun songe en veillant, il n'est rien
de plus doux.

La Fontaine.

Je songeois un jour que j'avois été
transporté tout-à-coup au milieu d'une
vaste plaine, couverte d'une foule innombrable de personnes de tout sexe,
de tout âge et de tout état, qui s'avançoient par différens chemins, vers une
montagne fort escarpée, que j'appercevois à l'extrémité de l'horizon. Je
suivis à pas lents un petit sentier,
cherchant quelle pouvoit être la cause
de l'empressement qui agitoit cette
multitude, lorsqu'un homme haletant
et couvert de poussière m'aborda brusquement, puis me saisissant par la

main : Suivez-moi, me dit-il , je vous
conduirai dans un lieu , où vous trouverez tout ce qu'il y a de plus précieux
sur la terre, et où tous vos vœux seront satisfaits. En disant ces mots , il
m'entraînoit avec tant de force , que
je ne pouvois lui résister. Il me faisoit
faire mille détours tortueux. A mesure
que nous avancions, la foule devenoit plus nombreuse et plus bruyante.
Tout ce que je voyois , tout ce que
j'entendois ne servoit qu'à augmenter
mon trouble et ma résistance; mais
elle ressembloit à celle d'un homme
entraîné par les flots d'un torrent rapide, qu'il s'efforce en vain de remon-
ter.

Après beaucoup de peines et de fa-
tigues, nous atteignîmes enfin le pied
de la montagne. Ses flancs étoient hé-
rissés de ronces et de rochers escarpés,
qui formoient de tous côtés d'affreux
précipices. Des hommes de toutes cou-

leurs en gravissoient péniblement les nombreuses aspérités ; mais souvent, lorsqu'ils étoient sur le point d'arriver au sommet, ils faisoient un faux-pas, tomboient et se fracassoient contre les pointes des rochers. On voyoit d'un autre côté de longues files de pélerins qui s'accrochoient les uns aux autres, et dont le premier tenoit en ses mains un roseau qui lui servoit de point d'appui ; mais, le foible roseau venant à se briser, le coryphée chanceloit, et entraînoit dans sa chûte tous ceux qui se trouvoient au-dessous de lui. Ailleurs, d'autres hommes, se rencontrant dans un sentier étroit, se disputoient avec opiniâtreté le passage ; bientôt ils en venoient aux mains, l'un précipitoit l'autre, et souvent même ils tomboient tous deux dans l'abîme.

Telles étoient les difficultés qu'il falloit vaincre, pour parvenir au sommet de la montagne. Elle étoit sur-

montée d'un temple magnifique porté
sur des colonnes de jaspe, qui l'élevoient jusque dans les nues. Sa cou-
pole, d'or massif, réfléchissoit avec
vivacité les rayons du soleil, et éblouis-
soit tous ceux qui se trouvoient dans la
plaine. Dans l'intérieur du temple, on
appercevoit un trône d'or, élevé sur
une estrade d'ivoire, et entouré d'une
balustrade d'argent. Sur ce trône étoit
assise une femme d'une taille gigan-
tesque. Sa tête étoit ornée d'une couronne de diamans, et ses yeux couverts
d'un bandeau, sur lequel on lisoit ces
mots : JE DISPOSE DU SORT DES FOIBLES
MORTELS. D'une main cette femme tenoit un grand sac, de l'autre elle en
tiroit par intervalles des pièces d'or
qu'elle jetoit indifféremment à la multitude, qui s'élançoit aussi-tôt pour les
ramasser. Les plus forts et les plus
alertes étoient toujours ceux qui faisoient la plus ample moisson. Quel-

quefois des hommes d'une figure in-
connue osoient s'avancer jusqu'aux
pieds de cette femme; elle leur sou-
rioit d'un air gracieux, mais souvent
aussi elle détournoit la tète et fermoit
son sac. D'autres hommes également
inconnus, qui avoient été jusque-là
cachés dans la foule, s'approchoient
alors des marches du trône, et elle
leur distribuoit ses dons avec profusion.

Le nombre des personnes qui sor-
toient du temple, comblées des faveurs
de cette femme, n'étoit pas très-con-
sidérable; elles formoient sur le péris-
tile différens groupes, qui offroient le
contraste le plus bizarre. Ici l'on voyoit
un homme aux yeux farouches, et portant sur sa figure toutes les empreintes
du vice, qui étoit entouré d'une foule
de vils adulateurs qui se prosternoient
à ses pieds, et élevoient jusqu'au ciel
sa douceur et ses vertus; là des hom-

mes couverts d'un masque agréable restoient sans cesse attachés aux pas d'un autre homme, l'accabloient de protestations d'amitié, offroient leur vie pour défendre la sienne; mais bientôt arrachant leurs masques, et laissant voir à nu leur figure hideuse, ils lui plongeoient le poignard dans le sein, et s'entre-déchiroient pour partager ses dépouilles. Ailleurs on voyoit un avare, au regard sombre et défiant, occupé sans relâche à regarder, contempler, admirer, compter et recompter ses pièces d'or, accablant d'injures et de malédictions des malheureux, exténués de faim et couverts de lambeaux, qui lui demandoient, les larmes aux yeux, quelques secours pour pouvoir s'acheter un morceau de pain.

Effrayé d'un pareil spectacle, je cherchois avec inquiétude un chemin pour m'éloigner de ces lieux, et je marchois à pas précipités dans un pe-

tit bois qui formoit l'enceinte du temple, roulant dans mon esprit de tris-
tes pensées, lorsque j'apperçus tout-
à-coup, au pied d'un arbre, un
homme d'un âge déjà avancé, dont la
physionomie me frappa, et m'inspira
sur-le-champ la plus grande confiance. Il avoit l'air pensif; il regar-
doit fixement une montagne fort éloi-
gnée, dont la cîme se confondoit avec
les nuages qui bordoient l'horizon. Je
m'approchai de cet homme, et lui
demandai s'il ne connoissoit pas un
chemin pour regagner la plaine.
Après m'avoir considéré quelque
temps en silence : Que faites-vous ici,
me dit-il, et comment y êtes-vous
venu? Je lui répondis que j'avois été
entraîné par un inconnu qui m'avoit
abandonné au moment, où il ne m'é-
toit plus possible de rétrograder. Là-
dessus m'ayant invité à m'asseoir à
côté de lui : vous voyez, me dit-il, ce

temple magnifique qui domine toute
la contrée ; c'est le temple de la Fortune. Qu'il paroît beau, tant qu'on ne
le voit que de loin ! mais hélas !
comme il change d'aspect, sitôt qu'on
le considère de près! Il semble au premier coup-d'œil ne promettre que joie,
délices, bonheur ; abordez-y, vous
n'y trouvez plus que tristesse, ennuis, dégoûts....... Moi – même,
mon fils, moi-même je me suis laissé
tromper par son éclat éblouissant.
J'habitois une petite île, située au
milieu d'un lac, qui épanche ses ondes
limpides de l'autre côté de cette montagne, que vous appercevez là-bas
dans le lointain. Là je menois une vie
douce, tranquille et uniforme. Mais
l'homme se dégoûte de tout, il ne
sauroit rester où il est ; la variété pa.
roît être le premier de ses besoins, et
c'est cette inquiétude continuelle qui
l'agite, et lui fait sans cesse chercher

le mieux lorsqu'il est bien , qui est la
principale cause de ses misères. Dites-
moi, qu'avez-vous trouvé ici, qui pût
véritablement satisfaire votre cœur?
Et supposé même que les pluies d'or
qui y tombent pussent faire votre
bonheur , les caprices de la déesse
peuvent-ils jamais vous faire espérer
qu'il sera de quelque durée ? Allons ,
suivez - moi ; je vais vous introduire
dans un séjour, où vous goûterez tout
le bonheur, dont un homme peut être
susceptible sur la terre , et qui ne
m'a laissé d'autre regret que celui de
l'avoir quitté.

Ayant dit ces paroles , le vieillard se
leva ; puis, me prenant par la main,
il me montra un sentier fort long, qui
serpentoit tout autour de la montagne,
et qui étoit le seul qui conduisît au
temple , sans qu'on risquât d'y perdre l'honneur. Nous descendîmes heureusement, et peu à peu nous attei-

gnîmes le pied de cette haute montagne qu'il falloit gravir, pour arriver à ce séjour fortuné, dont mon guide ne cessoit de m'entretenir. Autant les routes du temple de la Fortune étoient fréquentées, autant celle que nous suivions étoit peu battue. Nous remarquions sur-tout très-peu des premières figures, qui avoient frappé nos regards sur l'autre montagne, et parmi celles que nous rencontrions, la plupart s'en retournoient à vide, et paroissoient peu contentes de leur voyage.

Du sommet le plus élevé de la montagne, nous découvrîmes à nos pieds, au milieu d'un paysage charmant, l'île fortunée qui s'élevoit en amphithéâtre du sein des flots argentés qui l'entouroient. A mesure que nous en approchions, tout nous annonçoit un séjour de paix et de bonheur. Je me sentois renaître ; mon cœur, serré

jusqu'alors, se dilatoit peu à peu, et
se préparoit à recevoir les douces im-
pressions qui devoient bientôt l'as-
saillir. Ici, de nombreux troupeaux
bondissoient sur le penchant des collines : Ailleurs, des hommes gais et
robustes, occupés dès l'aube du jour
aux travaux de l'agriculture, chan-
toient les charmes de la vie champêtre, et les bienfaits de la nature.
Toute la campagne étoit parsemée de
jolies maisons, tantôt isolées, tantôt
réunies en hameaux, où régnoient
sans interruption la paix, la bonne
foi, la sécurité et l'indépendance.
Quant à l'île même, où nous ne tar-
dâmes pas à aborder, elle offroit un
spectacle plus ravissant encore, et il
sembloit que la nature avoit pris plaisir à y rassembler toutes les beautés,
qu'elle a répandues çà et là sur la surface de la terre, pour en faire un séjour enchanté. Mille fleurs odorifé-

rantes, s'épanouissant aux rayons vivifians du soleil, faisoient briller leur
riches couleurs sur les gazons ver-
doyans qui servoient de ceinture à
l'île ; et l'air étoit embaumé de leurs
parfums : des arbres de toute espèce,
courbés sous le poids de leurs fruits
dorés, y projetoient leur ombre
épaisse, et offroient en tout temps
un abri contre la chaleur. Du haut des
collines, descendoient de nombreux
ruisseaux, qui arrosoient les prairies,
et dont le doux murmure appeloit le
sommeil et invitoit à la rêverie. Les
bocages étoient peuplés d'une infinité
d'oiseaux, qui se distinguoient par l'é-
clat et la variété de leur plumage, et
dont les concerts formoient la plus
douce et la plus agréable de toutes
les symphonies.

Telle étoit une partie des beautés
qu'étaloit l'île ; mais ces objets, quelque attrayans qu'ils fussent, n'étoient

pas à beaucoup près ce qu'elle offroit de plus intéressant ; car on y voyoit, outre cela, toutes les scènes qui peuvent embellir la vie humaine.

Ici, des groupes de jeunes filles d'une merveilleuse beauté exécutoient des danses, et fouloient d'un pied léger les gazons fleuris ; bientôt elles alloient poser, en chantant des hymnes, des couronnes de fleurs sur le front d'une tendre mère, qui avoit renoncé aux vains plaisirs du monde pour vaquer aux soins domestiques, et pour mieux élever sa chère famille, qu'elle pressoit tendrement contre son sein. On voyoit d'un autre côté d'aimables enfans, libres d'entraves, se jouer sur la pelouse, et donner essor à leur joie naïve et innocente. En les voyant, on ne pouvoit s'empêcher de regretter cet heureux âge, qui ne connoît ni les chagrins ni les soucis. Ailleurs on appercevoit de vénérables vieillards

qui , ayant su résister à tous les gen-
res de séduction pour ne point s'é-
carter des règles de la probité, recueil-
loient avec délices les fruits de la sagesse, de la patience et du courage.
Plus loin s'avançoient des hommes de
tout âge , couverts de profondes blessures : des couronnes de laurier pa-
roient leur front , et leur regard fier
imprimoit le respect et l'admiration :
on reconnoissoit en eux les braves
guerriers , qui s'étoient sacrifiés géné-
reusement pour le salut de leurs frères,
et le service de la patrie. Ils étoient suivis d'autres hommes, qui conversoient
paisiblement ensemble ; des traits de
lumière jaillissoient de leurs yeux , et
sur leur visage étoit peinte la douce
humanité. C'étoient des Ecrivains qui,
ayant dévoué leur plume à la vérité,
avoient supporté la haine et les persé-
cutions des hommes puissans, pour
bien mériter du genre humain.

Vers le centre de l'île s'élevoit un temple rustique, dont l'art n'avoit point défiguré la noble et simple architecture. Sur le frontispice étoient gravés ces mots : ICI L'ON REÇOIT LE PRIX DE LA VERTU. Au milieu du temple étoit assise, sur un banc de gazon, une personne encore jeune, dont la touchante physionomie attendrissoit tous les cœurs. C'étoit une femme qui avoit possédé de grandes richesses, mais qui, dans un temps de disette, ayant dépensé peu à peu sa fortune en charités, pour faire subsister des indigens, dont elle étoit l'unique refuge, avoit depuis vécu péniblement du travail de ses mains, et étoit morte dans la nécessité. Elle étoit entourée des malheureux qu'elle avoit secourus, et qui, les yeux baignés de larmes, baisoient ses pieds avec reconnoissance. Le BONHEUR, sous la figure d'une femme ravissante, ceignoit sa

I. 4

tête d'une couronne de fleurs que la VERTU avoit tissue.

A ce spectacle, je me crus transporté dans l'Elysée. Entraîné par les
émotions que j'éprouvois, j'allois m'é-
lancer sur le BONHEUR pour l'embrasser ; mais en ce moment même la
VERTU, s'approchant doucement de
moi, couvrit mes yeux d'un voile. Je
m'éveillai, tout disparut: alors, tâchant
de me rappeler peu à peu toutes les
circonstances de mon long rêve, je
cherchai si elles n'auroient pas quelque ressemblance avec ce qui se passe
chez les gens éveillés.

~~~~~~~~~~~~~~~~~~~~~~~~~~~~~~~~~~~~

PENSÉES DÉTACHÉES.

Il n'y a rien de bon, rien de beau, rien de grand, rien de parfait, que la Nature et son auteur. Dans les ouvrages, les travaux, les actions, les plaisirs, les discours, les désirs, et les pensées des hommes, il n'y a rien de bon, rien de beau, rien de grand, rien de vrai, que ce qui est conforme à la nature.

———

La simplicité en toutes choses est la marque distinctive de ce qui est conforme à la nature : elle est la parure du sentiment, le costume de la vertu, l'assaisonnement de l'esprit, le sceau du génie, le type d'une ame élevée, et le trait caractéristique d'un bel ouvrage.

Voulez-vous avoir du plaisir? Ne vous en promettez jamais; car, plus vous vous en promettrez, moins vous en trouverez. La raison en est toute simple : un cœur, qui s'attend à la jouissance, la mesure sur une échelle qui répond à ses désirs, mais dont les dimensions ne sont presque jamais celles des circonstances, et rarement celles de la nature.

Concluons de-là qu'il ne faut pas trop jouir en espérance, si l'on veut bien jouir en réalité; les plaisirs les plus agréables étant, pour l'ordinaire, les moins prévus.

Rien n'est plus difficile que d'être constamment d'accord avec soi-même, et de rester, dans tous les cas, fidèle aux principes qu'on s'est faits, et qu'on a reconnus pour bons. Ceux qui se dirigent sur eux, ressemblent à un batelier, qui traverse un fleuve un peu rapide. Il voit bien le point du rivage directement opposé à celui d'où il part, et il y tend : mais, dans l'intervalle des coups de rame, le courant l'entraîne insensiblement malgré lui, et, à moins qu'il ne soit doué d'une vigueur extraordinaire, il finit toujours par aborder un peu plus bas qu'il ne le vouloit. Ce courant, c'est l'esprit du siècle et la force des circonstances.

Ainsi, notre mouvement n'est presque jamais simple : comme celui du bateau, il se compose plus ou moins en raison de la pente des choses, et des efforts que chacun sait lui opposer.

———

Le bel esprit est au bon sens ce que

l'ombre est au corps. Le premier, quand il n'est pas fondé sur l'autre, né ressemble pas mal à ces bulles de savon dont s'amusent les enfans, qui s'enflent peu à peu, reflettent un instant quelques jolies couleurs, et finissent par crever, dès que la pression de l'air dont elles sont remplies devient trop forte.

————

Les hommes aiment à se voir dans le miroir trompeur de la flatterie, qui leur montre des perfections qu'ils n'ont pas; et ils redoutent celui de la vérité, qui les réfléchit tels qu'ils sont. Cela vient de ce que les hommes ne se connoissent point, ou de ce qu'ils craignent de se connoître : sans quoi ils ne s'en laisseroient imposer, ni par le blâme, ni par la louange, parce qu'ils n'en prendroient jamais que la part qui leur en revient.

Un extérieur trop recherché annonce presque toujours un esprit sans
étoffe. Il n'est guère croyable qu'un
homme, qui donne tant d'attention à
des vétilles, en puisse prêter beaucoup à des objets importans. Ces
beaux Adonis, si sérieusement occupés du poli d'un bouton, du pli d'une
cravatte, ou des proportions d'un
toupet, sont, pour l'ordinaire, fort
mal coiffés intérieurement. Rarement
ont-ils du bon sens, et bien plus rarement encore, des connoissances. In-
capables de s'élever à aucune concep-
tion mâle, ils n'ont pas même ce qu'il
faudroit d'esprit, pour savoir jeter
quelque ridicule sur l'homme modeste
qui a pitié d'eux.

Ce dameret tiré à quatre épingles,
qui morgue les hommes et fait le co-
quet auprès des femmes, vous croyez

pent-être que c'est sans peine qu'il en
a acquis le privilége. O que vous vous
trompez ! Il a mis ce matin tous ses gens
en campagne, pour donner l'éveil aux
plus habiles artistes de la ville. Le
baigneur, le parfumeur, le bijoutier et
le marchand de modes, se sont crottés
jusqu'à l'échine, pour venir l'aider de
leurs nippes et de leurs graves conseils. Après trois grandes heures de
toilette, il sort enfin de son boudoir,
armé de toutes pièces, et court en
triomphe au bal qui l'attend. Voyez
comme il se pavane, comme il se mire
dans ses plumes ! Chaque fois qu'il
passe devant une glace, il sourit gra-
cieusement à son charmant minois, et
s'applaudit en secret des nobles conquêtes qu'il va faire. Cependant son
triomphe va finir avec la soirée : dès
le lendemain matin, de nombreux
créanciers assiégeront sa porte, trou-
bleront son sommeil, l'obséderont au

point qu'il faudra bien qu'il vide sa bourse, et ce sera beaucoup, s'il lui reste encore de quoi pouvoir dîner.

———

Hercule, armé de sa massue, et portant sur ses épaules la dépouille du redoutable lion de Némée, qu'il venoit de terrasser, n'avoit sûrement pas la démarche plus fière, ni le maintien plus audacieux, que ce jeune militaire, qui se croit un héros, depuis trois jours que son chapeau est surmonté d'un plumet. Quel carnage il va faire, si la guerre éclate !

———

Voyez cette femme si élégamment mise ! Eh bien, ce gros homme éclopé, qui est assis à trois pas d'elle, est son mari. Entendez-vous avec quelle touchante éloquence elle parle de la modestie et des bonnes mœurs ; avec

quelle amertume elle blâme impitoya
blement la conduite de Madame une
telle, qui passe pour voir en secret
Monsieur un tel? Ses organes délicats
sont doués d'une sensibilité exquise :
au théâtre, le spectacle d'un malheur
idéal lui fait verser des torrens de
larmes; aux champs, celui d'un papillon mourant la fait évanouir. Vous
parieriez à coup sûr que c'est un modèle de douceur et de chasteté. Eh
bien ! ce matin même elle a sévi sans
miséricorde contre son laquais, pour
avoir tardé de deux minutes après
qu'elle a eu sonné; elle a souffleté,
de sa blanche et douce main , sa
femme-de-chambre, qui, en la coif-
fant, a eu le malheur de lui arracher
un cheveu, et elle aura ce soir un
rendez-vous avec ce fat si réservé, qui
à peine a l'air de la connoître.

Celui qui bâtit de belles espérances

sur les promesses de certains hommes, bâtit en Espagne ; celui qui compte sur leur reconnoissance, compte sans son hôte. Ne vous y fiez pas. Tant qu'ils auront besoin de vous, ils vous promettront monts et merveilles ; dès que vous ne leur serez plus nécessaire, ils vous paieront en gambades et en complimens, trop heureux encore si vous n'achetez pas, par quelque avanie, l'*honneur* de les avoir servis !

Ces gens-là ont un monde à eux, où les distances réelles sont comptées pour rien, et où les différences ne s'apprécient qu'avec des poids et des mesures imaginaires. On pourroit les comparer à ces ouvrages fastidieux, farcis de choses triviales, où l'on ne trouve ni élévation, ni goût, ni sentiment, et dont la dorure et la reliûre font tout le mérite.

———.*—

Il en est d'un parvenu comme

d'un homme qui monte pour la première fois au sommet d'une tour : la
tête lui tourne, et ceux qui sont au
pied lui paroissent autant de nains.

———————

Le proverbe dit : Tel maître, tel
serviteur. Cependant si j'avois à choisir, entre la condition de certains per-
sonnages et celle de leurs valets, je
pense que je ne balancerois pas un
instant sur le choix : car, pour l'ordinaire, les valets se portent bien, di-
gèrent bien, dorment mieux, et se
dédommagent amplement des bruta-
lités qu'ils essuient, en riant ensemble
aux dépens de leurs maîtres ; témoins
les valets de Molière, et quelques autres encore.

———————

Usage du monde! science sublime
de beaucoup de sots et de méchans,

qui ne la préconisent tant, que parce
qu'elle leur tient lieu de mérite, de
moralité même , et que sans elle
ils ne seroient plus rien du tout, ou
joueroient du moins un rôle bien
plat. D'après la raison , le savoir-
vivre consiste dans la bienveillance et
l'équité envers tous les hommes ; un
bon cœur et un jugement sain en sont
les seuls maîtres. D'après le préjugé,
ce n'est que jargon sans vérité, procédés sans cordialité, apparence sans
réalité; en un mot,

Savoir vivre, c'est savoir feindre.

DESHOULIÈRES.

Cette maxime se vérifie sur - tout
dans le grand monde, où l'on a tout
fait, quand on a montré son masque.
On ne s'y donne pas même la peine,
comme au bal masqué, de deviner
quelle est la personne qui le porte.
Être n'est rien, paroître est tout ; et

la plupart ne peuvent que gagner au change. Les gens du monde, ainsi que Janus, ont deux visages, dont les traits et les mouvemens sont perpétuellement en contraste. Si l'on voyoit les grimaces de l'un, tandis que l'autre sourit, cela feroit horreur.

———

Que je hais les hypocrites et les flatteurs! Que je méprise tous ces chercheurs de franches-lippées, qu'un intérêt de gueule attire chez les grands! Pour prix des bons morceaux qu'ils y mangent, ces vils parasites leur cassent le nez à coups d'encensoir, souffrent patiemment leurs sarcasmes, prêtent de bonne grace le flanc à leurs railleries insultantes, et ne rougissent pas même des humiliations qu'ils en reçoivent, et qu'ils méritent. Oh! si l'on avoit l'ame assez fière pour savoir, au besoin, vivre de pain et d'eau, les riches ne seroient pas si insolens, ni les pauvres si avilis. C'est la bassesse des uns qui sert de piédestal à la hauteur des autres.

Il est des gens, à qui le temps est à charge, jusqu'au moment où il les écrase; ou, pour dire la même chose en d'autres termes, qui ne font que tuer le temps, en attendant qu'il les tue. C'est le fardeau que supportent ordinairement tous ceux qui ne rêvent qu'amusemens, ne parlent que d'amusemens, et qui pourtant s'amusent si peu; tous ces hommes petits, si enjoués de leurs hochets, sans cesse occupés de fadaises, de babioles et de colifichets; quittant ceux-ci, pour en reprendre d'autres qui ne valent pas mieux que les premiers, et ainsi de suite, jusqu'à ce que la mort vienne les surprendre au milieu de tous ces jolis passe-temps. Si on leur demandoit alors quel emploi ils ont fait de la vie, que pourroient-ils répondre? Rien. — *C'étoit bien la peine de naître !*

Quelles sont les causes de la misère, qui règne parmi les nations policées, sur-tout dans les grandes villes? Cela ne vient pas précisément des dons iné- gaux de la fortune, mais de ce que ceux qu'elle favorise le plus sont sans pitié, sans bienfaisance, sans huma- nité. Un écrivain très-judicieux a dit que, « si chacun faisoit tout le bien » qu'il peut faire sans s'incommo- » der, il n'y auroit point de malheu- » reux (1) ». Or, je ne connois pas d'hommes qui, sous ce rapport, crai- gnent tant de s'incommoder que les

---

(1) Duclos, Considérations sur les Mœurs de ce siècle.

riches. Il en coûte souvent plus à un millionnaire de donner un écu à tel qui en a le plus grand besoin, qu'il n'en coûte à un pauvre de partager son dernier morceau de pain avec son compagnon d'indigence. C'est le devoir de ceux qui ont tout de venir au secours de ceux qui n'ont rien : voilà une vérité de droit. Quand on l'aura mise en fait, les pauvres vivront contens, et les riches vivront heureux. Ce n'est qu'à eux-mêmes que ceux-ci doivent s'en prendre, s'ils ne le sont pas.

———

Comme l'opulent oisif, pour se dédommager de l'ennui qui l'obsède, a cherché les moyens de paroître heureux; de même il s'est avisé de vouloir passer pour éclairé, lorsque les connoissances sont devenues une affaire de mode; et comme le savoir ne s'acquiert pas à prix d'argent, qu'a-t-il fait? il a acheté une bibliothèque. Cet homme désœuvré, dont la tête est si vide, possède une nombreuse collection de livres choisis par son libraire, et bien symétriquement rangés dans de superbes armoires de bois d'acajou. Mais les rats et les cirons en profitent plus que lui : tout l'usage qu'il en fait, c'est de s'amuser quelquefois à en lire les titres, en rendant toutefois justice au talent de l'imprimeur et du relieur.

Je ne dirai rien de ces gens délicats qui, croyant pouvoir cueillir les fleurs de la littérature, sans se donner la peine de cultiver l'arbre qui les porte, veulent bien souffrir, du moins, que les Muses aient l'honneur d'amuser quelques instans leurs loisirs. C'est déjà quelque chose que cela. Mais, lorsqu'on examine de près la conduite de certains hommes, qui ne veulent pas, tant s'en faut, être compris dans la classe des ignorans; on ne peut qu'admirer leur indifférence et leur petitesse. Qu'un sauvage, qui ne connoît pas les lumières, et n'en a pas besoin; qu'un laboureur, qu'un pauvre ouvrier, forcé de donner au travail ou au sommeil tous ses momens, vive sans penser, cela ne doit point surprendre : mais qu'un riche oisif, qui a non-seulement tout le loisir, mais qui peut encore se procurer tous les moyens de cultiver son esprit, passe sa vie sans réfléchir, et se condamne volontairement à mourir d'ennui; voilà vraîment ce qu'on ne conçoit pas. Observez ces gens-là; vous les verrez s'extasier sur la beauté d'une étoffe, d'une tapisserie, d'un colifichet, d'un rien, tandis qu'ils ne daigneront pas se remuer pour voir le lever du soleil, ou le plus magnifique

phénomène ; vous les trouverez indifférens sur tout, hors ce qui regarde
les inutiles productions du luxe, et
leur sordide intérêt personnel. Que
leur importent les sciences, la littérature, la philosophie, et toutes les
merveilles de la nature ? Qu'ont-ils besoin de connoître la marche de l'univers, pourvu que leurs affaires aillent
bien, et qu'ils parviennent à remplir
leurs coffres-forts, où sont renfer-
mées, parmi des tas d'or, mille rares
qualités, du moins s'il faut en croire
Boileau ? La science suprême, à l'é-
poque où nous vivons, est celle des
moyens qui conduisent à la fortune.
Possédez-la, bientôt vous serez honoré, fêté, prôné ; mais si, étant
pauvre, vous n'avez que des lumières
et de la probité, peu de gens vous
considéreront.

Les mêmes hommes ne se soucient
guère plus de la vertu que de la science :

ils ne l'éstiment qu'aussi long-temps
qu'elle leur est utile, et qu'elle empêche quelqu'un de les friponner ; mais,
sitôt qu'elle les gêne et met obstacle
à leurs fins, ils en secouent bien vîte
le joug incommode. La vertu, selon
eux, n'est qu'un beau rêve, qui n'existe
que dans les livres des moralistes, ou
dans le cerveau creux de quelques ra-
doteurs. Il est bien vrai que ce vieux
radoteur de Plutarque s'est amusé à
nous transmettre la vie de plusieurs
hommes célèbres de l'antiquité, qui
en ont fait la règle de toute leur conduite ; mais ce n'est qu'un roman pour
eux, et ils n'ont garde de perdre à le
lire un temps, qu'ils peuvent employer
bien plus utilement à augmenter la
somme de leurs écus. D'ailleurs, cela
sent trop l'antique, et ne ressemble pas
mal à l'habit que nos bons aïeux por-
toient, il y a trois siècles. Nous autres,
enfans de la mode, avons trop d'esprit

pour nous occuper de pareilles fadaises, et nous sommes beaucoup trop
affairés, pour avoir le temps d'être vertueux. Si , dans le beau monde, quelqu'un s'avisoit de vouloir l'être constamment, on se moqueroit de lui ; et
le ridicule est une arme si redoutable
dans le siècle où nous sommes, qu'il
faudroit être bien téméraire pour s'exposer à ses coups. Qu'avez-vous besoin
de vous tant tourmenter pour être vertueux ? Tâchez seulement de le paroître quelquefois ; cela suffit , on ne vous
en demande pas davantage.

A quoi bon , diront-ils , toutes ces
vaines déclamations ? Qu'ont-elles produit jusqu'ici, et que produiront-elles ?
Mieux vaudroit aboyer à la lune. Ce
n'est que l'envie qui les anime ; c'est
par dépit qu'ils se déchaînent tant contre la richesse et la grandeur ; et ,

comme ont fait Michel Montaigne (1)
et J.-J. Rousseau, *parce qu'ils ne la
peuvent aveindre, ils se vengent à en
mesdire.*

Voilà les solides objections que ne
manqueront jamais de faire tous ces
honnêtes gens, qui ne demandent pas
mieux que de pouvoir jouir, dans une
paix profonde, des fruits de leur in-
humanité, de leur gaspillage et de
leurs vexations : et voici ce que je prendrai la liberté de leur répondre, au
nom de Montaigne et de Rousseau :

---

(1) Au chap. 7, liv. III de ses Essais, et sur-
tout au chap. 42, liv. I. Ce chapitre, aussi riche
en pensées mâles et fortes, qu'en expressions
énergiques, est peut-être le morceau le plus
philosophique de toute la littérature française.
Quant à J. J. Rousseau, qui déroboit quelquefois des idées à Montaigne, on sait qu'il n'aimoit
pas les grands, et que ses écrits sont semés de
traits qui les concernent.

Messieurs, ce n'est point pour vous
que nous avons écrit. Nous savions trop
que c'est une entreprise vaine, et
même ridicule, que de chercher à
vous corriger. Mais il faut dévoiler
vos misères aux pauvres, afin qu'ils
cessent, s'il est possible, de vous porter envie. Il faut soulever le masque
qui vous couvre, afin de désabuser
les simples, qui ne s'arrêtent qu'aux
apparences, afin de les empêcher de
se laisser plus long-temps duper par
vous ; il faut enfin opposer sans cesse
le langage ferme de la raison, les principes simples de la saine morale, au
jargon lâche de la corruption et aux
sophismes captieux de l'égoïsme. Telle
est la tâche de tout homme de bien.

———

Quand j'entends les clameurs que
poussent certains hommes, et même
certains écrivains du bas étage, contre

d'autres écrivains du premier ordre,
qui ont répandu la lumière, et dont
un saint zèle pour la vérité et l'humanité dirigeoit la plume éloquente ; je
crois entendre ces reptiles immondes
qui coassent dans leurs bourbiers, tandis qu'à la face du ciel la sensible Philomèle chante à la nature son hymne
ravissant.

~~~~~~~~~~~~~~~~~~~~~~~~~~~~~~~~~~~~~

GLYCÈRE.

IDYLLE.

Déja le diligent laboureur avoit re-
cueilli quinze moissons, depuis l'instant où Glycère avoit vu le jour.
L'Amour sembloit avoir pris plaisir à
l'embellir de ses plus grands charmes,
et les Grâces dociles la suivoient par-
tout. Sa taille se dessinoit avec une
noble élégance : l'azur du ciel étoit
dans ses yeux, et l'incarnat de la rose,
sur ses joues et sur ses lèvres.

La jeune Glycère, jusqu'alors vive,
enjouée et folâtre, étoit devenue tout-
à-coup triste, distraite et rêveuse. Ses
chères brebis ne l'intéressoient plus.
Les entretiens de sa mère, dont elle
étoit auparavant inséparable, ne la

flattoient plus; les jeux des bergères, ses compagnes, qu'elle avoit autrefois si souvent animés, ne l'amusoient plus; elle fuyoit leur société, et ne se plaisoit qu'aux lieux les plus sauvages et les moins habités. Echo qui, dans les vallons et près des hameaux, avoit tant de fois répété le son de sa voix harmonieuse, étoit muette, et le long silence de Glycère étoit entrecoupé de profonds soupirs.

Myrtil, le jeune et beau Myrtil en étoit l'objet. Comme le lys superbe se distingue avantageusement de toutes les autres fleurs de la prairie, qui semblent jalouses de son port élégant et de sa blancheur éclatante; ainsi brilloit Myrtil parmi tous les autres bergers du voisinage. Déjà trois fois la lune avoit achevé sa révolution depuis le jour, où ce jeune berger avoit su toucher le cœur de Glycère. Elle l'aimoit passionnément, mais hélas! ne sachant si elle étoit payée de retour, ce doute accablant la tourmentoit jour et nuit.

Un jour, qu'enfoncée dans sa profonde mélancolie, elle laissoit nonchalamment errer ses pas et son petit troupeau dans un bosquet solitaire, elle apperçut tout-à-coup plusieurs guirlandes de fleurs, suspendues aux branches d'un peuplier; puis, sur l'écorce de l'arbre, elle lut ces mots : A GLYCÈRE, et un peu plus bas, MYRTIL.

Son cœur tressaillit de joie à cette vue, et ses battemens redoublés lui firent sentir vivement le bonheur d'être aimée. Elle posa sa houlette, s'assit sur le gazon, au bord d'un ruisseau, pour se livrer à ce doux sentiment, et elle soupira lentement et à plusieurs reprises ces mots : J'aime... et je suis aimée !

Le gazouillement des oiseaux, le murmure de l'onde et du feuillage, et la douce rêverie dans laquelle elle étoit plongée, firent couler peu à peu dans ses beaux yeux la vapeur du sommeil, et elle s'endormit.

Tandis qu'elle étoit ainsi couchée mollement sur l'herbe tendre, les zéphyrs s'empressoient à l'envi de rafraîchir son visage, un peu abattu par la douce langueur de l'amour. L'un lui apportoit le parfum suave de mille fleurs nouvellement épanouies; l'autre faisoit flotter sa blonde chevelure; un troisième agitoit doucement l'étoffe légère dont elle étoit vêtue, et sembloit craindre de dévoiler des beautés, qui devoient leur plus grand prix à l'attrait puissant de la modestie, et au charme mystérieux de la pudeur.

Cependant l'amour avoit conduit les pas de Myrtil vers le bosquet, où dormoit la charmante Glycère. N'osant s'approcher, de peur de la réveiller, il s'étoit assis derrière un buisson d'églantiers, pour repaître ses yeux

des charmes qui leur étoient offerts.
Le spectacle enchanteur des Grâces
endormies eut bientôt enivré son cœur.

Durant le sommeil de la jeune fille,
l'image chérie de Myrtil ne cessoit
d'être présente à son imagination.
Elle le voyoit, elle lui parloit, elle
recevoit ses sermens. Enfin, dans son
transport, croyant sentir ses amou-
reuses étreintes, le nom de Myrtil lui
échappa, et elle s'écria deux fois,
Myrtil ! Myrtil !

Myrtil, brûlant d'amour, l'entendit.
Son cœur en fut ému, il alloit s'élan-
cer vers elle, lorsque soudain une
abeille ennemie, sortant de la corolle
d'une rose qui paroit le sein palpi-
tant de Glycère, y enfonça son aiguil-
lon, et la réveilla.

Glycère, réveillée par la piqûre de
l'abeille, quitta aussitôt sa couche de
verdure, et sortit précipitamment du
bois solitaire.

Myrtil confus et désespéré, s'éloigna tristement. L'Amour, qui avoit cru son triomphe assuré, sourit de dépit, puis, donnant la main aux Grâces, il suivit avec elles les traces de Glycère.

LE CHARDONNERET.

Sophie sait adoucir les caractères les plus sauvages, et son ame aimante semble passer dans tous les objets qui l'environnent. La première fois qu'on la voit, on est touché de ses graces et de sa bonté; mais la seconde, on ne sauroit s'empêcher de l'aimer.

Il y a quelque temps qu'elle attrapa par hasard un joli chardonneret, que la faim et le froid de l'hiver avoient forcé de se réfugier dans sa chambre. « Pauvre oisillon, dit-elle, en le ser- » rant dans le creux de ses mains, » maintenant que la neige couvre la » terre, tu ne trouves plus de quoi » te nourrir; reste avec moi, je te don- » nerai à manger, et tu n'auras pas » froid ». Le petit mutin la pinçoit vi-

vement pour toute réponse, et sembloit lui dire par-là qu'il ne consen-
toit pas volontiers à la perte de sa
liberté. Cependant il s'y acoquina peu
à peu, et se trouva enfin si bien des
soins de sa bienfaitrice, qu'il ne tarda
pas à lui rendre caresses pour caresses.
Rien n'étoit plus joli que de voir ce
charmant oiseau voltiger sans cesse autour de Sophie, la becqueter, et prendre sur sa bouche de rose sa nourriture ordinaire. C'étoit sur-tout à la
toilette qu'il redoubloit de gentillesse
et d'assiduité. Tantôt, se perchant sur
la glace, il sembloit contempler les
charmes de sa maîtresse; tantôt, vole-
tant autour d'elle, il alloit se reposer
sur sa chevelure, de-là sur son épaule,
puis sur son sein, et paroissoit sentir
tout le prix d'une faveur, qui n'étoit
accordée qu'à lui seul. Sophie, comme
on peut le croire, n'étoit point cruelle
envers lui; et il n'étoit pas d'homme

qui n'enviât le sort de cet heureux oiseau.

Mais hélas ! qu'on se lasse vîte du bonheur ! L'ingrat, quoique nourri dans le sein des délices, se dégoûta peu à peu d'un si doux esclavage, et le premier beau jour du printemps, il s'envola.

Sophie n'étoit pas encore consolée de cette perte, lorsque, se promenant un matin dans le jardin de son père, elle apperçut le corps du petit fugitif, étendu sans vie au pied d'un rosier. Là, après avoir donné de nouveaux regrets à sa mémoire, elle lui érigea un petit monument, qui atteste encore leurs amours.

Je ne passe point de fois devant ce rosier, sans me dire en soupirant : Oiseau chéri de Sophie ! heureux l'homme qui, après avoir été, comme toi, l'objet de sa tendresse, seroit encore digne d'être l'objet de ses regrets!

~~~~~~

LES VŒUX.

Rura mihi et rigui placeant
in vallibus amnes.

VIRG. *Georg. liv. II.*

S'IL m'étoit permis d'attendre de la
destinée l'accomplissement de mes
vœux, ce ne seroient assurément ni
les trésors de Crésus, ni la gloire
d'Alexandre, ni le faste et la puissance
des Césars, que j'ambitionnerois (1).

---

(1) Les lecteurs judicieux ne me supposeront
pas, je pense, la ridicule prétention de croire
amuser le public, en l'entretenant de mes vœux
et de mes goûts, qui ne peuvent, en aucune
manière, l'intéresser. Ils verront bien que, m'é-
tant proposé d'inspirer l'amour de la campagne,
qui me paroit aussi salutaire au cœur qu'au

Je n'aurois pas besoin non plus de la
baguette d'Armide , pour enfanter des
prodiges , et réaliser à mon gré tous
les caprices qui me passeroient par
la tête ; car, persuadé que la nature a
tout fait pour le mieux , et que nous
nous éloignons du bonheur , à mesure

corps, j'ai dû préférer, pour en mieux peindre
les agrémens, une forme qui me permettoit
d'entrer dans des détails interdits à un tableau
général. Voilà pourquoi je me suis mis moi-
même sur la scène, ainsi que l'a fait Gessner,
dans une pièce du même genre et du même
titre, laissant à juger au lecteur si j'ai bien ou
mal joué mon rôle. — Dans l'esquisse qu'on va
lire, je ne parle point de la chasse, de la pêche,
du jardinage, des travaux rustiques, ni en général du ménage champêtre. Ces occupations,
qui font les délices de l'ami des champs, sont
trop connues, pour qu'il soit besoin de les rappeler ici ; elles ont d'ailleurs été chantées par des
hommes, auprès desquels le seul mérite qui
puisse me rester, c'est de savoir me taire pour
les admirer.

que nous nous écartons de ses plans,
sans sortir de la petite sphère où elle
m'a fait naître, j'y trouverois aisément
de quoi contenter tous mes désirs; et,
au lieu d'intervertir l'ordre établi, je
chercherois à m'y placer de manière
que, tour à tour actif et passif, je
ne gênasse en rien le mouvement de
la machine, et n'en fusse pas trop
gêné.

Comme la surface de la terre est bien
grande, et que je ne puis occuper à-la-
fois qu'un point sur cette surface, je
commencerois par chercher celui qui
conviendroit le mieux à mes vues,
pour y fixer mon séjour. Ce ne seroit
pas une chose indifférente que celle-là.
Convaincu que le climat exerce une
influence très-puissante, non-seulement sur le physique, mais encore sur
le moral dès hommes, je n'irois pas
sans doute m'établir dans le voisinage
du pôle glacé, ou des sables brûlans

de la zône torride ; mais je choisirois un pays, où je ne serois incommodé ni par les rigueurs de l'hiver, ni par les ardeurs de la canicule ; un pays qui, participant aux avantages du nord et du midi, réunît, à la température la plus saine et la plus agréable, la plus grande diversité de productions.

Parmi les différens pays qui peuvent jouir de ces avantages, il y auroit encore un choix à faire. Les peuples diffèrent autant les uns des autres, que la langue qu'ils parlent, et que la qualité du sol qu'ils habitent. Comme je suis né parmi les peuples policés, que j'ai contracté leurs besoins, leurs habitudes et une bonne partie de leurs préjugés, je n'irois pas vivre avec les sauvages, quoique je ne les croie pas aussi malheureux qu'on se l'imagine. Je resterois chez les peuples policés ; ayant soin de choisir un gouvernement, sous la protection duquel je pusse jouir pleinement de l'exercice de mes droits, comme homme et comme citoyen.

Je n'irois pas m'emprisonner dans l'enceinte d'une grande ville, où le bruit continuel vous étourdit, où l'air infect vous incommode, et où les murailles environnantes vous permettent à peine de jouir des doux regards du soleil. J'irois encore moins m'établir au milieu d'une plaine vague, où mon œil, ne pouvant se reposer sur rien, finiroit par se lasser d'une ennuyante monotonie. Je me fixerois donc dans une contrée qui, sans être trop âpre, fût agréablement entrecoupée de montagnes et de vallons bien arrosés; dans une contrée qui, semblable à certains cantons de la Suisse, offrît sur une assez médiocre étendue de terrain, une très-grande diversité de sites, afin de pouvoir savourer à mon gré les plaisirs purs, qu'offre le

ravissant spectacle de la nature , et qui
sont les plus doux que je connoisse.

Mon humble domicile ne seroit pas
placé dans la région des nuages ; tout
au plus s'élèveroit-il sur le penchant
d'une colline ; car, comme les objets
journaliers finissent tous à la longue
par devenir indifférens, si je demeurois
au sommet d'une montagne , ayant
tous les jours le tableau sous mes yeux,
quel plaisir trouverois-je à contempler
une belle vue ? En général , j'aurois
soin de prévenir en tout la satiété , et
de multiplier par la privation la somme
de mes jouissances. — Si donc j'étois
libre de choisir mon habitation , je la
prendrois au pied d'un côteau , à l'entrée de quelque joli vallon. Elle seroit
petite, (car à quoi me serviroient des
salons et des anti-chambres ?) et, à
l'exception d'un appartement destiné
à recevoir les amis qui viendroient me
voir, elle ne renfermeroit qu'une ou

deux pièces à mon usage. On n'y ver-
roit ni tapis, ni lustres, ni tableaux,
ni statues : les gazons seroient mes
tapis, le soleil et la lune mes flambeaux; mes tableaux seroient disper-
sés sur toute la contrée ; et les statues
vivantes, qui animeroient ma retraite, m'intéresseroient plus que
celles d'Hercule ou d'Achille, fussent-
elles même du plus beau marbre de la
Grèce, et de la main de Phidias ou de
Praxitèle.

J'aurois devant mes fenêtres des
platanes au feuillage touffu, et des
tilleuls, dont les fleurs odorantes in-
viteroient mes abeilles à venir butiner
en bourdonnant. Derrière ma maison
seroit un petit jardin, où la froide
symétrie oseroit à peine se montrer,
et dont les légumes succulens me four-
niroient une nourriture aussi saine
qu'abondante. A l'extrémité de ce jardin s'éleveroit en pente douce un ver-

ger rustique, arrosé par un ruisseau,
et couvert de cerisiers, de poiriers,
de pruniers, de pêchers, dont les
fruits désaltérans feroient le plus bel
ornement de ma table, et dont les
ombrages frais, se mariant à celui des
forêts, qui du sommet des collines se
prolongeroient jusqu'à mon habitation, m'offriroient, à toutes les heures
du jour, un asyle contre les chaleurs
de l'été. Ce verger auroit pour limites,
d'un côté, un champ hérissé d'épis
ondoyans, richement diapré de cen-
taurées, d'agrostèmes et de coqueli-
cots ; de l'autre côté, un pré ver-
doyant, dont la vache ruminante paî-
troit en paix les âcres renoncules et
les douces graminées. Enfin si, à tout
cela, je pouvois ajouter une pièce de
vigne, dont les pampres verds me rap-
pelassent les couronnes de Bacchus,
et le fruit vermeil, les chansons d'Ana-
créon, je serois le plus heureux des

hommes, et n'échangerois pas mon sort contre celui du premier monarque de la terre.

Après avoir ainsi fixé mon séjour et établi ma propriété, je commencerois à franchir les limites de mon petit domaine, pour parcourir peu à peu les environs, et examiner en détail tout le voisinage. Quelle agréable occupation cela me donneroit! Chaque jour produiroit une nouvelle découverte; chaque promenade conduiroit mes pas sur un nouveau point de vue. Ici ce seroit une antique forêt, dont le silence majestueux me pénétreroit d'une horreur secrète, ou dont le feuillage agité par les vents me rappelleroit le mugissement des vagues de la mer; là un rocher escarpé, dont je prendrois plaisir à admirer les formes et la grandeur; ailleurs une cascade écumante, où je viendrois prendre le frais; d'un autre côté un réduit soli-

taire, où j'irois rêver, et m'abandon-
ner aux douces inspirations de la nature. Je m'éleverois sur le sommet des
montagnes, d'où mon regard domina-
teur embrasseroit toute la circonfé-
rence de l'horizon, et planeroit sur
une vaste étendue de pays. Lorsque
je rencontrerois un fleuve, je laisse-
rois doucement voguer mon imagination sur ses flots étincelans, et je le
suivrois dans son cours paisible à travers les riches contrées qu'il fertilise;
et, si j'appercevois par hasard, sur le
flanc d'une montagne, l'ouverture
d'une grotte, curieux de connoître la
structure intérieure du globe, j'y pé-
nétrerois, et parcourrois successivement tous les détours de cet édifice
souterrain. — Je suivrois les sinuosi-
tés des vallons; je remonterois à la
source des ruisseaux; je gravirois des
sentiers escarpés; je m'enfoncerois
dans l'épaisseur des bois; puis m'ap-

propriant par le droit de conquête
tous les sites qui me plairoient, je ne
les quitterois, que pour y revenir savourer tout à mon aise leurs charmes
inexprimables.

C'est ainsi que, ne laissant échapper
rien de ce qui pourroit m'intéresser,
je tracerois peu à peu dans ma tête la
carte de tout le pays, et que mes promenades seroient aussi variées que les
objets, qu'elles m'auroient fait découvrir. Je ne manquerois certainement
pas de rencontrer dans mes fréquentes
excursions un grand nombre de plantes
nouvelles pour moi, et qui m'intéresseroient par la beauté de leurs couleurs, la douceur de leurs parfums et
la variété de leurs formes : peut-être
même que, las de fouler aux pieds de
l'ignorance les trésors du règne végé-
tal, que la nature a disséminés avec
tant de profusion sur la surface de la
terre, il me prendroit envie d'ap-

prendre à les connoître. Je me livrerois
donc à l'étude de la botanique, ce qui
ne contribueroit pas peu à me rendre
ma solitude plus attrayante; et j'atten-
drois chaque année, avec impatience,
le retour du printemps, pour aller
cueillir, au bord des forêts, la première violette, que sa chaleur fécon-
dante auroit fait éclore.

Afin de me procurer encore une
plus grande somme d'émotions agréables, je ne me contenterois pas de lire
dans le grand livre de la nature : je
le comparerois encore avec ceux des
hommes qui l'ont prise pour modèle,
qui l'ont étudiée en différens climats,
et qui ont puisé dans ses ouvrages les
beautés sans nombre, qu'ils ont répandues dans leurs immortels écrits. Avec
quel plaisir je les relirois, ayant sous
les yeux le tableau qu'ils ont essayé de
copier ! J'apprendrois avec Horace à
me soumettre sans murmure à la loi

de la nécessité, et à supporter patiemment les maux qui sont inséparables
de la vie humaine, et qui ne manque-
roient pas de venir me trouver de
temps en temps dans ma retraite.
Souvent, couché sur un vert tapis
de mousse, la douceur et l'harmonie des vers de Virgile charmeroient
mes ennuis. Les riantes peintures et
l'empreinte de vérité, qui caractérisent
les sublimes compositions de Gessner,
me transporteroient avec ravissement
dans ces premiers temps du monde,
où régnoient l'aimable simplicité et
les vertus de l'âge d'or. Enfin Rousseau m'échaufferoit du feu de son génie et de son imagination; il nour-
riroit mon cœur, il éclaireroit mon
entendement, et m'éleveroit au-dessus de l'empire absurde des préjugés
vulgaires. Et toi, qui as orné de si
riches couleurs le tableau des charmes
de la vie champêtre, toi dont le lan-

gage touchant et onctueux plaisoit à mon oreille, avant même que mon esprit fût en état de l'entendre, divin Fénélon! c'est en méditant ton Télémaque que j'apprendrois à devenir meilleur, et que mon cœur s'embraseroit du feu sacré de l'humanité.

Peut-être même que la lecture de ces ouvrages inimitables, et le spectacle de la nature, que j'aurois continuellement sous les yeux, donnant essor à mon imagination, m'inspireroient une foule d'idées qui chercheroient à se faire jour. Comme je n'aurois pas toujours un ami, à qui je pusse communiquer mes émotions, j'essayerois quelquefois de les fixer, en les transmettant sur le papier. Assurément, lorsqu'assis au haut d'une colline ombragée, je tâcherois de crayonner les beautés dont je serois entouré, et de donner un corps à mes vagues pensées, ce ne seroit pas une des occupations les moins agréables, dont j'embellirois le cours de ma champêtre existence.

Le cercle de mes jouissances ne se borneroit pas à la nature inanimée. Je ne me suis pas allé reléguer au fond d'un désert, pour y mener une vie d'hermite. La contrée que j'habite est fertile et agréable, et ne manque par conséquent pas d'habitans. J'aurois donc des voisins. A la ville, où les hommes sont entassés les uns sur les autres, les bornes du voisinage sont à vingt pas de distance ; l'épaisseur d'une simple cloison sépare des gens, qui ne se parleront peut-être pas une fois en leur vie. A la campagne, c'est toute autre chose. Une montagne n'interrompt point les liens de la fraternité, et n'est pas une barrière, qui empêche ses habitans de communiquer les uns avec les autres : ils se voient avec plus de plaisir ; ils se

I.   6

traitent avec plus de bonhomie et
de cordialité que les citadins. Mon
voisinage pourroit donc avoir quelques lieues de rayon. Comme je n'é-
pargne pas mes jambes, je ne manquerois pas sans doute, dans mes
fréquentes excursions, de faire beaucoup de connoissances, qui seroient
pour moi autant de pieds-à-terre, où,
sûr d'être bien accueilli, j'irois souvent me délasser, causer, faire provi-
sion de bonne humeur, et me rafraîchir. Et si par hasard, après le coucher
du soleil, au retour d'une longue et
riche herborisation dans les montagnes, il m'arrivoit de déterrer, à l'angle
d'un vallon, quelque cabane solitaire,
dont le maître s'empresseroit de m'offrir un gîte, et de me régaler de son
pain noir, de sa crême et de son beurre
frais ; en revoyant dans mon herbier
les plantes nouvelles, que cette course
m'auroit fait découvrir, je me rappel-

lerois avec délices les procédés honnêtes de ces bonnes gens ; et, si mes
plantes avoient perdu leur odeur, elles
exhaleroient cependant encore, au
bout de plusieurs années, le doux
parfum de l'hospitalité.

Afin de n'être pas tout-à-fait inutile
à la société, et de lui payer le tribut
que je lui dois, je tâcherois, autant
que mes moyens me le permettroient,
de rendre heureux tout ce qui m'en-
vironneroit ; et je ferois en sorte que,
lorsque mon nom sortiroit de la bouche
de mes voisins, leur cœur ne restât
pas froid. Je trouverois même un intérêt personnel à faire de bonnes actions ; car, comme le spectacle de la
misère flétrit le cœur, et que je ne
trouverois aucun plaisir à voir souffrir mes semblables, il est certain que
leur angoisse répandroit beaucoup
d'amertume sur mes jouissances. Si
donc j'avois le malheur de n'être pas

humain par devoir, je le serois du
moins par égoïsme. Je verserois le
baume de la consolation dans le sein
d'une famille, désolée de la perte
d'un parent. Lorsque la flamme dévo-
rante auroit détruit l'habitation d'un
pauvre laboureur, je l'aiderois à la
reconstruire; j'acheterois à celui - ci
une pièce de bétail, à celui-là quelque instrument d'agriculture; et le
regard reconnoissant de ces pauvres
gens remueroit doucement mes en-
trailles, et me dédommageroit amplement de tous mes sacrifices.

Lorsque quelque fête champêtre
réuniroit les habitans des hameaux,
et qu'après une semaine, employée
aux rudes travaux de l'agriculture,
ils se livreroient aux douceurs du
repos, je m'empresserois d'y assis-
ter, et d'être le témoin de leur bonheur et de leur innocente joie. Assurément leurs danses rustiques m'in-

téresseroient plus que les gambades de l'Opéra. — Je m'associerois même à leurs jeux et à leurs plaisirs; et lorsque la main potelée d'une jeune villageoise, au regard timide et au teint paré de roses, viendroit à presser la mienne, une douce chaleur se glisseroit dans mes veines; et j'éprouverois peut-être que l'amour n'est pas moins puissant à la campagne qu'à la ville. Si quelque heureux mariage rassembloit deux nombreuses familles, je tâcherois d'être de la noce. Je partagerois leur bonne chère; je m'abandonnerois sans contrainte à la joie que m'inspireroit la leur, et ferois chorus à leurs vieilles chansons. Peut-être même aurois-je l'avantage de me trouver assis à côté d'un guerrier, qui, après avoir contribué à repousser les ennemis de la Patrie, auroit quitté les armes pour reprendre la charrue. Il me conteroit longuement l'histoire

de ses campagnes, de ses périls; et
son récit sans apprêt, en me rappe-
lant les fureurs de Mars, me feroit savourer encore mieux la tranquillité
des champs.

Je tâcherois de mettre, dans mes
occupations et dans mes amusemens,
la plus grande variété possible, afin
de prévenir l'ennui, qui pourroit ré-
sulter d'un genre de vie trop uniforme. Je rassemblerois de temps à
autre, autour de moi, un petit cercle
d'amis, qui partageassent mes goûts,
et sussent apprécier les plaisirs de
la campagne ; et si parfois quelque
femme aimable et sensible, laissant
là les romans des hommes, pour jeter
un coup-d'œil sur l'histoire de la nature, venoit embellir ma retraite de
sa présence, je lui donnerois, sans
qu'il m'en coutât rien, des fêtes in-
comparablement plus brillantes, que
celles que pourroient lui préparer les

Fées dans leurs palais enchantés. Dès que le chant du coq matinal auroit annoncé le réveil de la nature, on se mettroit en marche, malgré la rosée qui humecteroit encore les prairies ; et l'on iroit attendre, au haut d'une colline, le lever du soleil. On observeroit, dans un silence religieux, toutes les scènes de ce grand drame, qui se renouvelle chaque jour : une lueur blanchâtre, dissipant peu à peu les sombres voiles de la nuit encore étendus sur les campagnes, précéderoit l'apparition de l'aurore, qui ne tarderoit pas à embraser l'orient de ses feux ; et, lorsque le père du jour auroit ouvert sa brillante carrière, et éclaireroit toute la contrée de ses rayons vivifians, le ramage confus de mille oiseaux divers nous tireroit de notre admiration, et mettroit le comble aux émotions délicieuses que nous aurions éprouvées. Assurément mes

bons amis ne se rappelleroient jamais
ce spectacle enchanteur, sans sentir
leur cœur palpiter ; et, s'ils en avoient
joui pour la première fois, ils ne man-
queroient pas sans doute de compter
cette journée au nombre des plus
belles de leur vie. — Pour la terminer
aussi agréablement que nous l'aurions
vue naître, nous n'irions certainement
pas nous enfermer entre les quatre
murailles d'un salon, pour y passer
l'après-dînée à jouer aux cartes ; mais
nous irions nous établir au milieu
d'une forêt, ou au sommet d'une
montagne : chacun y porteroit son
dîner ; les gazons nous serviroient à-
la-fois de siéges et de table, et notre
salle à manger n'auroit d'autres bornes
que celles de l'horizon. Là, oubliant
tout le reste de l'univers, nous nous
livrerions sans contrainte à l'enivrante
gaîté, que nous inspireroient tous les
objets dont nous serions entourés ;

une douce familiarité, faisant place à
la sotte étiquette et au ton empesé qui
règnent à la ville, resserreroit encore
les nœuds de l'amitié; et lorsque, sur
le déclin du jour, nous retournerions
à notre habitation, nous ne pourrions
nous empêcher de convenir que le
bonheur est encore sur la terre, pour
qui sait associer la nature à ses jouissances.

Telles seroient les occupations, qui
absorberoient tous mes momens durant le cours de la belle saison. Mais,
lorsque des jours pluvieux me retien-
droient chez moi, ou que les rigueurs
de l'hiver, ayant suspendu pour quelque temps le pouvoir générateur de
la nature, me forceroient à mener une
vie plus sédentaire, je me livrerois à
des occupations d'un autre genre,
mais qui ne seroient pas moins agréables que les précédentes. Je cultive-
rois, auprès du feu pétillant de ma

cheminée, le goût des sciences et des
lettres ; elles nourriroient mon esprit ;
elles étendroient la sphère de mes
idées, et me prépareroient à jouir avec
plus de fruit encore des plaisirs, que
le printemps me rameneroit chaque
année. Comme le genre humain, dont
je fais partie, m'intéresse infiniment,
j'aimerois à connoître ce qu'il est, et
ce qu'il a été dans tous les temps et
dans tous les lieux. Je m'enfoncerois
donc dans la ténébreuse antiquité, le
flambeau de l'histoire à la main ; je
verrois les générations, emportées par
le torrent des siècles, passer devant
moi comme les ondes fugitives d'un
fleuve rapide ; je me convaincrois que
les nations, ainsi que les individus,
passent par des périodes successives
de naissance, de développement et de
destruction ; que la vertu seule survit
à la dissolution des empires ; et que
les peuples, qui en ont fait la base de

leur gouvernement, sont les seuls qui aient honoré l'humanité.

Comme la surface du globe que j'habite vaut bien, ce me semble, la peine d'être connue, guidé par les voyageurs de tous les pays, je me mettrois à parcourir avec eux des régions lointaines. J'irois avec Colomb à la découverte d'un nouveau monde ; j'hivernerois avec Barentz sur les côtes glacées de la Nouvelle-Zemble ; j'escaladerois avec Saussure les sommités escarpées du Mont-Blanc ; j'approcherois avec Brydowne du cratère fumant de l'Etna. Cook et l'amiral Anson me feroient faire le tour du monde. J'assisterois avec Forster aux danses naïves des heureux insulaires de la mer du Sud ; et, au récit des beautés sans nombre, dont la nature a embelli la demeure de l'homme, j'éleverois un cœur reconnoissant vers son auteur, et le remercierois de ses bienfaits.

Enfin , lorsqu'une belle nuit et une atmosphère, bien dégagée de vapeurs, me laisseroient appercevoir en plein cette armée innombrable de soleils, qui roulent dans les plaines azurées du firmament, et remplissent de leurs feux les déserts de l'espace ; ce sublime spectacle, me portant naturellement à de sérieuses méditations sur l'harmonie des mondes, et l'ordre admirable de l'univers, je me convaincrois toujours de plus en plus de l'existence d'une cause active infiniment puissante, qui règle sa marche, et lui a imprimé son mouvement. Ma pensée, aussi embarrassée à donner des bornes à l'univers qu'à ne lui en pas donner, s'agrandiroit et s'anéantiroit tour-à-tour ; et si parfois j'étois tenté de m'enorgueillir et de me croire quelque chose, je comparerois la grandeur de ce petit globe sur lequel la nature m'a jeté, avec celle de ces astres

lumineux, qu'une distance incalcu-
lable sépare de nous ; et je verrois avec
confusion, que le plus grand potentat
de la terre et moi ne sommes tous
deux que des insectes éphémères,
placés pour un instant sur un atôme
presque imperceptible , perdu lui-
même dans l'immensité des espaces
célestes.

Mais, dira-t-on, il n'est point de
roses sans épines. Tout cela n'iroit pas
si bien que vous vous plaisez à le dé-
crire. — J'en conviens. Je n'ai peint
que le beau côté ; je sais que je ne serois pas à l'abri des maux qui sont le
partage de l'humanité, parce que je
n'aurois pu me soustraire aux loix in-
variables de la nature. Mais ces maux
mêmes serviroient à relever le prix de
mes jouissances. Après tout, le pire
qui pût m'arriver, ce seroit de mourir. Or, comme j'aurois appris à ne
pas regimber contre l'inflexible loi de

la nécessité, et qu'aucun remords ne troubleroit la paix de mon cœur, je verrois approcher la mort sans effroi : je ne la regarderois pas même comme un mal, mais plutôt comme un bien ; car il est juste qu'après avoir joui du bienfait de l'existence, nous cédions la place à d'autres. Je délogerois donc sans murmurer. D'ailleurs, comme je ne mesurerois pas la longueur de ma vie d'après sa durée, mais d'après le bon emploi que j'en aurois fait, à quelque instant qu'il plût à la Providence de me retirer de ce monde, je pourrois dire avec assurance : J'AI VÉCU ! et, lorsque le soir du jour de ma vie seroit arrivé, je m'endormirois paisiblement dans l'espérance d'un plus beau lendemain.

Ai-je assez desiré pour mon bonheur ? Non ; car, avec tous ces avantages, je serois privé, dans ma solitude, des plus purs de tous les plaisirs, des plaisirs domestiques. L'auteur de l'homme l'a dit : Il n'est pas bon que l'homme soit seul. Il a besoin d'une créature qui l'aime, et qu'il puisse chérir ; d'une compagne qui s'associe à son sort, et qui partage avec lui les biens et les maux de cette vie.

PENSÉES SUR L'AMITIÉ.

Il n'existe point d'amitié sans un intérêt quelconque, matériel ou spirituel, présent ou éloigné; parce que, dans le monde moral comme dans le physique, il n'y a point d'effet sans cause. Qu'est-ce donc qu'une amitié désintéressée? C'est celle qui a pour base fondamentale les purs intérêts du cœur et de l'ame, c'est-à-dire l'estime réciproque et la vertu. Toute liaison, fondée sur un principe différent, n'est pas digne d'un si beau nom. Il suit de là que les amitiés les plus désintéressées sont précisément celles qui sont animées du plus vif, comme du plus noble intérêt.

———

Un philosophe de l'antiquité re-

commande d'aimer ses amis, comme si
l'on devoit les haïr un jour. C'est une
maxime exécrable, qui n'est bonne
qu'à faire des monstres de prudence.
Aimez chaque jour vos amis comme
si vous deviez les aimer toujours :
telle est la devise des bons cœurs.

———

Il semble que la nature ait jeté sur
la terre un certain nombre d'ames
faites pour s'unir, dès qu'elles viennent à se rencontrer ; tandis qu'il en
est d'autres, qui ne sauroient trouver
de point de contact pour se joindre.

———

Il y a, dans l'amitié, comme dans
l'amour, un certain tact indéfinissa-
ble, qui nous fait sentir, en bien comme en mal, un grand nombre de choses dont l'esprit auroit peine à se rendre compte. On sent qu'on est aimé,

qu'on l'est plus ou moins qu'auparavant, qu'on cesse de l'être, sans en pouvoir administrer clairement la preuve
aux autres, ni à soi-même. En fait de
sentimens et d'affections, le cœur
seul voit loin, et l'esprit n'est qu'un
sot.

———

L'amour et l'amitié ont un langage,
un ton et des manières qui leur sont
propres, où la mode n'entre pour
rien, et dont le cœur est à la fois le
juge et le créateur. Sitôt que les procédés et la politesse d'usage viennent à
en prendre la place, c'est le signe infaillible de la décadence; alors on ne
se voit plus que par habitude; il vaudroit beaucoup mieux ne se plus voir.

———

Les hommes ne savent point jouir
les uns des autres, parce que, dans
le commerce ordinaire de la vie, ils

soldent presque toujours leurs comp-
tes en monnoie fausse ou étrangère.
Or, on ne jouit que de celui qui peut
payer de sa personne, c'est-à-dire de
ses idées, ou de ses sentimens. Les uns
sont insolvables; les autres refusent
de payer, ou n'en trouvent pas l'occasion. On se voit par besoin ; on se voit
par habitude, par ennui, par désœu-
vrement, par étiquette, rarement par
goût : les personnes qui se fréquentent
le plus, ne sont pas toujours celles qui
s'aiment le mieux.

———————

Tout comme il est des esprits superficiels, qui ne voient jamais que
l'écorce des choses; il existe de même
des cœurs superficiels, que rien n'af-
fecte profondément : tout les effleure,
mais rien ne les pénètre. Ils circulent
dans un cercle perpétuel de minuties,
de bouderies, de brouilleries et de tra-

casseries, aussi puériles qu'interminables. Les cœurs vraiment tendres
ne connoissent rien à tout cela : si
quelque impulsion étrangère vient à
les écarter de leur direction naturelle,
ils ne tardent pas à y revenir d'eux-
mêmes ; comme les planètes, après
avoir été troublées dans leurs orbites,
se rapprochent peu à peu de l'astre
qui les attire.

———

Un grain d'amitié franche et loyale
vaut mieux qu'un quintal de procédés,
d'égards et de civilités, par la même
raison qu'un grain d'or a plus de prix
que cent livres de poussière ; celle-ci,
devenue le jouet du moindre vent,
n'étant bonne qu'à aveugler les pas-
sans. On est poli, sensible, délicat en
raison des ménagemens, qu'on a pour
la délicatesse et la sensibilité des autres. Le vain parlage ne prouve rien.

du tout. Il en est de la politesse comme
de la morale : ceux qui la mettent le
plus en paroles, ne se soucient pas
beaucoup de la mettre en action; semblables à ces histrions, qui, sur la
scène, débitent avec emphase de belles
maximes empruntées, et de grandes
sentences à perte de vue, qu'ils n'ont
garde de suivre en leur petit particulier.

———

La vraie sensibilité n'est pas toujours celle, qui s'annonce de suite par
des signes extérieurs : c'est celle qui
réside dans l'ame, et qui y couve en
silence, comme le feu sous la cendre.
La première tient en partie à la délicatesse des organes; voilà pourquoi les
femmes en sont généralement plus
susceptibles que les hommes.

———

Le Dictionnaire de l'Académie manque d'une foule de termes, absolument nécessaires à la langue (1). Il n'en

---

(1) Qu'on me permette d'observer à ce sujet que les langues les plus riches et les plus énergiques, telles que le grec, le latin, l'allemand, l'anglais, n'ont point de Dictionnaire *académique*. On ne s'apperçoit pourtant pas que la diction de leurs bons auteurs soit moins pure que celle des nôtres, et elle est à coup sûr beaucoup plus libre et plus variée, sur-tout dans la poésie. L'Académie française, en encourageant les talens de plusieurs hommes distingués, qui ont honoré la nation, a sans doute bien mérité d'elle; mais elle a rendu, ce me semble, un assez mauvais service à la langue, en s'astreignant, dans la rédaction de son dictionnaire, à un plan sec et beaucoup trop étroit. Au lieu de bannir nombre d'expressions surannées, elle auroit dû s'attacher à les rajeunir, ou du moins à les remplacer par d'autres équivalentes : elle auroit dû, en suivant le fil de l'étymologie et de l'analogie, créer, pour certaines idées, des termes dont on sent à chaque instant le besoin, et en autoriser l'emploi par son exemple. Le néologisme bar-

offre point par exemple, pour expri-
mer la fausse sensibilité. Un écrivain
connu a employé celui de *sensiblerie,*
qui me paroît assez heureux. Je dirai
donc que la sensiblerie est à la vraie
sensibilité, ce que l'hypocrisie et la
cagoterie sont à la vraie religion.
Elle consiste à singer le sentiment, à
afficher ce qui n'échappe jamais, quand
on le possède réellement. Elle est le
partage de beaucoup de gens, qui tous
tâchent de plâtrer la dureté de leur
cœur, par un langage doucereux d'humanité et de bienveillance, qui ne peut
en imposer qu'à des sots.

———

Il n'y a point, pour les cœurs ai-

———

bare et inintelligible est sans doute très-blâ-
mable; mais, quand une expression est claire,
précise, et autorisée par la raison, qu'importe
qu'elle ne le soit pas par l'usage? L'usage, en
l'adoptant, finira par la sanctionner.

mans, de solitude plus ennuyante qu'une nombreuse assemblée.

———

Les hommes froids et égoïstes font passer par leur tête tout ce qui sort de leur cœur : les hommes sensibles et désintéressés, au contraire, font passer par le cœur tout ce qui vient de la tête. Les premiers ne sont guère susceptibles d'affections profondes; les seconds sont éminemment capables d'amitié, et en connoissent seuls tous les charmes.

———

L'amour absorbe l'amitié, comme la lune se perd dans les rayons du soleil. Mais peu à peu les feux du jour s'éteignent; la douce déesse reprend son empire, et promène paisiblement son disque argenté sur l'azur des cieux.

Il vaut peut-être mieux s'exposer à
manquer de prudence, en trop bien
présumant des hommes en général,
et de ses amis en particulier, que de
courir les risques d'être injuste, en
n'ayant pas assez bonne opinion d'eux.

Quand le cœur sent fortement, ce
qui n'est que tiède le resserre, mais
ce qui est froid le glace.

Faites-vous des liaisons agréables
pour les jours de prospérité : ména-
gez-vous des amis pour les temps de
disgrace. C'est le conseil d'un Ancien ;
il est encore bon à suivre aujourd'hui.

L'amitié commence à s'affoiblir par
trop de réserve, et meurt par le dé-
faut de confiance.

1.   7

Il est tel soupir qui échappe, telle larme qui coule, que tous les biens du monde ne sauroient valoir : c'est le soupir pour les infortunés ; c'est la larme du sentiment.

De même qu'il y a une sorte de jouissance dans l'élévation d'ame, qui nous fait supporter, sans murmure, certaines injustices : de même, quand on a le malheur de n'être plus aimé, il y a une sorte de consolation à sentir qu'on méritoit de l'être toujours.

C'est une erreur de croire que toutes les idées viennent de la tête. Il existe une foule d'idées, et d'idées excellentes, qui ne prennent naissance que dans le cœur ; et il existe une foule de pensées, conçues par l'entende-

ment, qui ne deviennent parfaites,
qu'après avoir passé par le cœur (1).

———

Un feu de paille est brillant, mais
il ne dure pas long-temps; le moindre souffle l'allume, et en dissipe les
restes. Il n'en est pas de même d'un
feu, que les années ont nourri ; il
s'éteint difficilement, et les traces en
subsistent encore long-temps après
son extinction.

———

Plaie d'argent peut guérir : plaie du
cœur, pour peu qu'elle soit profonde,
ne guérit point, ou du moins ne se
ferme que bien tard.

———

(1) Ceci a été écrit long-temps avant que je
connusse cette maxime de Vauvenargues : « Les
» grandes pensées viennent du cœur ».

Ceux qui ont beaucoup d'amis n'en ont point. Il y a long-temps que cela a été dit. La raison en est, que le cœur et l'esprit humain n'ont, ainsi que le verre ardent, qu'un seul foyer. Ce foyer n'est pas précisément un point unique, mais un certain espace déterminé, qui dépend de la force du verre, et au-delà duquel il n'y a plus qu'une lumière vague, qui éclaire peu, et une chaleur stérile, qui ne produit rien.

———

La véritable amitié est plus forte que l'amour-propre offensé : les atta-chemens vulgaires ne tiennent pas contre lui.

———

La plus noble vengeance qu'on puisse tirer d'un ami, dont on croit avoir à se plaindre, c'est de faire en

sorte qu'il ait chaque jour plus de
raison de se louer de nous. Si un tel
procédé ne le ramène point, on ne
doit pas avoir grand regret à la perte
de son amitié.

En amitié, comme en amour, les
contrastes s'allient très-bien ; ce qui
n'empêche pas que ce ne soit la con-
formité des besoins, des goûts et des
principes, qui en forme le premier
nœud. L'esprit, les talens, les amusemens, les services, peuvent bien le
fortifier, et l'orner de fleurs ; mais il
n'y a que la droiture du cœur, et
l'élévation des sentimens, qui puis-
sent le rendre indissoluble.

Celui qui ne croit point à la vertu,
n'est pas susceptible de la véritable
amitié, parce que les doutes qu'il a

sur sa réalité, comme sur sa constance, la voilent d'un nuage qui in-
tercepte ses rayons vivifians. Le plus
grand bien de l'amitié, c'est la certi-
tude de sa durée, et c'est en cela,
sur-tout, qu'elle est bien supérieure
à l'amour. Néanmoins, l'ami le plus
constant que nous puissions posséder
ici-bas, c'est un cœur généreux, et
une conscience sans reproche; car il
est le seul qui puisse nous accompa-
gner en tous lieux, et nous conseiller
dans tous les temps. Homme infortuné, qui n'as point trouvé d'ami !
Homme plus à plaindre, qui n'en as
plus; tâche au moins de te ménager
celui-là !

L'amitié a aussi sa jalousie; rien
n'étant plus doux que de savoir qu'on
est aimé plus que personne de certains cœurs, et rien n'étant plus na-

turel que de s'attendre à quelque préférence de la part de ceux qu'on pré-
fère à tous les autres.

C'est sur - tout en amitié que la
bonne volonté, profondément sentie,
doit être réputée pour le fait. C'est ce
qui fait évanouir la disproportion, qui
se trouve quelquefois dans la fortune
de deux amis, et qui pourroit être à
charge au moins favorisé, sinon à tous
les deux en même temps.

L'égalité est le soutien de l'amitié,
comme la confiance mutuelle en est
la sauve - garde. Voilà pourquoi les
grands, qui n'ont presque jamais d'a-
mis parmi leurs égaux, n'en peuvent
point avoir parmi leurs inférieurs.
Si j'étois roi, et que je voulusse goûter, dans toute sa pureté, le plaisir

d'être aimé d'une belle ame; en con-
sidérant à combien de délicatesse,
d'égards et de prévenances je serois
tenu pour faire oublier la supériorité
de mon rang, je ne sais s'il ne vaudroit pas mieux que je descendisse
tout-à-fait au niveau de mon ami,
que de chercher à l'élever jusqu'au
mien : car je ne me suppose point un
Henri iv, ni mon favori, un Sully.

———

Les services ne doivent point se
mesurer sur leur quantité, mais sur
leur à-propos. Celui qui partage avec
un autre une obole, dont il a besoin,
est réellement plus généreux que tel,
qui distribue des poignées d'argent,
qui ne lui coûtent rien à donner, et
dont il n'a que faire.

———

L'ami qui accepte est quelquefois

plus généreux que l'ami qui offre. Je m'exprime mal. J'ai voulu dire que la reconnoissance, qui, dans nombre d'occasions, pourroit être à charge au premier, ne l'est jamais dans ce cas-ci, parce qu'on n'en exige point de lui ; la récompense d'une action vraiment généreuse, se trouvant dans le plaisir même de pouvoir obliger.

———

Il n'y a guère d'amitié plus agréable que celle qui unit deux personnes de sexe différent ; mais il faut, pour cela, qu'il n'y entre qu'un grain d'amour au plus, même point, s'il est possible, à moins que ce dernier sentiment ne se joigne à l'autre, pour cimenter l'union conjugale.

———

L'amitié s'épure au feu de la vertu ;

et la vertu s'épanouit et s'accroît sous le beau soleil de l'amitié.

———

Celui qui n'a jamais senti les délicieuses émotions de l'amitié ; celui dont les paupières n'ont jamais été humectées de ses larmes célestes, ignore le plus grand charme de la vie : il ne sait point quel plaisir un homme peut tirer d'un autre homme.

———

Les amis et les amans laissent, dans les lieux où ils passent, un air balsamique, qui, long-temps après, ranime encore la douce fleur du sentiment, un peu abattue par le souffle de l'absence.

———

Si les Dieux, voulant faire mon bonheur, me donnoient à opter entre l'amour et l'amitié, j'examinerois d'abord si l'atmosphère brûlante de la Zône Torride, qui produit la langueur et l'abattement, est aussi salubre que l'air pur et frais des régions tempérées, qui récrée et fortifie : j'examinerois ensuite si un sentiment qui remplit l'ame, sans l'absorber, qui échauffe et nourrit le cœur, sans le consumer, qui s'épure et s'accroît, sans crainte de décliner, ne mérite point la préférence sur l'autre : j'examinerois enfin si l'usage paisible de la raison ne vaut pas mieux qu'un délire continuel, entrecoupé de longs et mortels ennuis. Malgré tout cela, je ne suis nullement surpris que l'amour soit la passion favorite des hommes; mais, à coup sûr, l'amitié, telle que je la conçois, doit être le plaisir des anges. Ce penchant, à-la-fois doux et vif, simple et sublime, n'a, pour ainsi dire, rien de terrestre : aussi pur que le ciel azuré, ce n'est que de-là qu'il a pu descendre.

THÉODORE.

CONTE MORAL.

Il existoit à Naples un riche particulier, qui avoit gagné de grandes sommes, en faisant le commerce du Levant. Il jouissoit, dans toute la ville, d'une réputation de probité justement méritée; mais il passoit aussi pour ne laisser jamais impunies les offenses qu'on lui faisoit. Ayant été un jour grièvement insulté par un Seigneur de la Cour, il lui envoya un cartel, et lava dans son sang l'outrage qu'il en avoit reçu. Obligé de s'expatrier, pour se soustraire à la vengeance et aux poignards de ses ennemis, il s'embarqua avec sa famille et une bonne partie de ses richesses, sur un navire français, et aborda à Marseille,

où il se proposoit d'abord de continuer son commerce : mais ayant fait
réflexion ensuite qu'avec ce qui lui
restoit, il pouvoit vivre dans la plus
grande aisance, et se procurer toutes
les commodités de la vie, il prit le
parti de renoncer entièrement aux affaires, et d'aller jouir, dans le calme
de la retraite, du fruit de ses travaux.
Il acheta donc, au pied des Cévennes,
dans les environs de Montpellier, une
terre assez considérable, où il passa
depuis le reste de sa vie, au milieu des
plaisirs domestiques et des douceurs
de l'indépendance.

Ce négociant napolitain avoit un
fils unique nommé Théodore, dont il
avoit pris plaisir à soigner l'éducation
dès la plus tendre enfance. Lorsqu'il
eut atteint sa quatorzième année,
son père l'envoya à Paris, pour l'y
faire instruire, sous les maîtres les
plus habiles, dans les sciences et dans

les lettres, qu'il aimoit et qu'il culti-
voit même dans sa retraite ; chose assez rare chez les gens de sa condition,
pour mériter d'être remarquée. Les
Muses sont quelquefois forcées de
faire leur cour à Plutus ; mais on ne
voit guère celui-ci courtiser les Muses,
et se plaire dans leur société.

Le génie devançant les années, le
jeune homme fit en peu de temps des
progrès rapides et brillans en plus
d'un genre. Il saisissoit, avec la plus
grande facilité, les choses les plus
compliquées ; et, ce qui coûtoit aux
autres des heures d'application, n'étoit
pour lui que l'affaire de quelques minutes. Déjà, à l'âge de dix-huit ans,
il s'étoit acquis de la réputation par
différens écrits, qui annonçoient une
plume éloquente, et une imagination
féconde. Ajoutez à tous ces avantages
une figure agréable, pleine d'expression, et cette aimable franchise d'un

homme qui, ne pouvant que gagner à se montrer tel qu'il est, ne conçoit pas à quoi la dissimulation est bonne : tels étoient les traits les plus saillans du caractère de Théodore.

Il ne manquoit pas non plus de défauts. A un tempérament bouillant, qui l'emportoit quelquefois au-delà des bornes, il joignoit un caractère inflexible, et une opiniâtreté insurmontable. De plus, comme il méprisoit souverainement les flatteurs, il ne flattoit jamais personne; il avoit même souvent assez peu de délicatesse, pour dire aux autres des vérités qui heurtoient de front leurs préjugés, ou qui blessoient leur amour-propre.

Le jeune Théodore, partageant son temps entre l'amitié, l'amour et les lettres, poursuivoit à Paris une carrière semée de fleurs, lorsqu'un événement imprévu vint en interrompre le cours, et le força de quitter subitement cette grande ville. Son père mourut. Il avoit déjà eu, quelques années auparavant, le malheur de perdre sa mère. Il alla donc en Languedoc recueillir la succession paternelle. Son projet étoit de retourner dans la capitale, dès qu'il auroit mis ordre à ses affaires. Effectivement, ayant au bout de quelques mois, converti presque toute sa fortune en lettres de change, il repartit pour Paris, pouvant dire à peu-près comme ce philosophe grec : *Omnia mea mecum porto;* je porte avec moi tout mon avoir.

Chemin faisant, il se mit à délibérer sur le parti qu'il prendroit, et sur l'état qu'il embrasseroit. Il auroit eu assez de goût pour le métier des armes, où il n'auroit pas manqué de se distinguer par son courage et ses talens; mais la discipline militaire n'é-

toit pas trop compatible avec son
amour pour l'indépendance. Il auroit
pu obtenir aussi, par faveur ou par
argent, une place lucrative dans la
finance : mais il avoit trop de probité pour pouvoir se déterminer à
s'engraisser des sueurs et de la misère du peuple ; il repoussa donc
cette idée avec horreur. Enfin, après
avoir balancé, pendant plusieurs
jours, sur l'usage qu'il feroit de sa
fortune, il se détermina à en employer une partie à voyager. Je par-
courrai, se disoit-il, les principales
contrées de l'Europe ; j'étudierai les
mœurs, le caractère, le gouvernement
et les ressources des différens peuples; je prendrai plaisir à connoître
tout ce qu'ils ont fait pour étendre
leurs lumières, multiplier leurs jouissances, et devenir meilleurs : de retour dans ma patrie, je l'enrichirai
de mes observations, et je lui paierai

le tribut que je lui dois, en les rendant
publiques.

Ainsi raisonnoit Théodore, en conti-
nuant sa route. Enchanté de cette belle
idée, il brûloit d'impatience d'arriver
à Paris, pour la mettre à exécution. Il
n'étoit plus qu'à quelques lieues d'Orléans, lorsque des voleurs, sortant
brusquement de l'épaisseur d'un bois,
s'élancent sur la voiture, renversent
le postillon, et tombent sur le voyageur, qui se défend en brave; mais,
après avoir long-temps résisté, ayant
été mis hors de combat par un coup
de feu qu'il reçut au bras, il fut déva-
lisé; on lui prit sa bourse, son porte-
feuille; et il ne lui resta que quelques
écus, qui avoient échappé aux recherches des brigands. Il eut à peine de
quoi faire panser ses blessures à Orléans,
et continuer sa route jusqu'à Paris, où
il arriva dans l'état le plus pitoyable.

Quel changement subit, et quel

coup du sort ! Théodore qui, quelques jours auparavant, avoit cinquante mille écus à sa disposition, se voyoit maintenant réduit à la dernière misère, dans une ville où il jouoit naguère un rôle brillant. Ce qui le navroit le plus, n'étoit pas tant la perte de sa fortune, que la bassesse et la perfidie atroce de ses prétendus amis, qui, tant qu'il put leur être utile, s'empressèrent autour de lui, mais qui, dès le moment qu'il fut malheureux, l'abandonnèrent, et ne vouloient pas même le reconnoître.

Théodore avoit l'ame trop fière, pour se laisser abattre par son malheur. Il trouva au-dedans de lui des ressources dont il ne se doutoit pas, parce que la nécessité ne l'avoit point encore forcé d'en faire usage ; et jamais il ne sentit si fortement le prix des sublimes leçons, qu'il avoit puisées dans le commerce et dans les écrits des vrais phi-

losophes. Qu'ai-je donc perdu, se disoit-il à lui-même, qui fût véritablement à moi? N'ai-je pas encore la
santé, la force et le courage, qui sont
les premiers de tous les biens? Ce
qu'on m'a enlevé m'étoit donc en
quelque sorte étranger, et ne m'ap-
partenoit pas réellement, puisque le
hasard et le moindre caprice de la
fortune pouvoient me le ravir.

Au milieu de ces pensées, Théodore
reprenoit courage, et se consoloit de
ses disgraces. Comme il étoit doué
d'un esprit entreprenant et audacieux,
il résolut d'aller dans un port de mer,
où il espéroit trouver plus d'occasions
de déployer son activité. Il se rendit
donc à pied à Nantes, à l'aide des secours pécuniaires que voulurent bien
lui fournir quelques personnes sensibles, qui s'intéressoient à son sort.
Il étoit recommandé à un négociant,
qui faisoit le commerce d'Amérique,

et qui le chargea d'abord de quelques petites affaires , où il montra tant de zèle et d'intelligence , qu'il ne tarda pas à gagner toute sa confiance et toute son affection. Il fit plusieurs voyages aux Antilles ; mais il ne fut pas toujours heureux. Un jour son vaisseau fut poussé par l'ouragan contre les rochers de la Guadeloupe, et il manqua de périr dans les flots. Une autre fois, il échoua à l'entrée de la Loire. Malgré ces revers, à force de constance et de bonne conduite, il étoit pourtant parvenu , au bout d'une quinzaine d'années, à recouvrer une bonne partie de ce qu'il avoit perdu.

Cependant l'expérience qu'il avoit acquise dans ses longs voyages, les maux multipliés qu'il avoit soufferts, et les dangers auxquels il s'étoit vu tant de fois exposé, avoient endurci son ame aux coups de l'adversité , et avoient imprimé à son carac-

tère quelque chose d'élevé et de majestueux. La carrière hasardeuse qu'il
couroit, lui ayant fait sentir enfin
tout le prix du repos, il la quitta dès
le moment qu'il ne la crut plus nécessaire au rétablissement de sa fortune ; et, afin de pouvoir se livrer
d'autant mieux à ses premiers goûts,
qui ne s'étoient pas éteints au milieu des orages, il retourna à Paris,
où il se maria. La femme qu'il épousa
n'étoit ni riche, ni belle ; mais elle
possédoit ces qualités estimables, qui
font le bonheur des maris, et que
le temps ne détruit point.

Pendant son séjour à Paris, Théodore lia connoissance avec quelques
écrivains célèbres, entr'autres Da-
lembert et Raynal. En adoptant leurs
principes, il partagea leur haî necon-
tre tout systême concussionnaire. Son
amour pour la vérité, et l'indignation
que lui inspiroit l'oppression où l'on

tenoit le peuple, l'engagèrent à pu-
blier quelques écrits énergiques, où
il manifestoit librement son opinion
sur le luxe dévorant de la Cour, la ra-
pacité des fermiers-généraux, le faste
des nobles, et la dissolution des prê-
tres. S'étant attiré par-là l'inimitié de
tous ceux dont il n'avoit pas craint de
dévoiler les vices, la Police fit des recherches; et, comme il n'étoit pas fort
disposé à passer le reste de ses jours
dans les cachots de la Bastille, il
quitta la France, et se retira en Suisse.
Après avoir séjourné quelque temps à
Genève, et avoir joui des conversa-
tions instructives du philosophe de
Ferney, il résolut d'aller se fixer dans
la belle Italie. Il passa donc en Tos-
cane, où il acheta, sur les bords de
l'Arno, un petit bien, espérant y
terminer ses jours, dans le sein du
repos et de l'amour conjugal.

Le lieu qu'il choisit pour sa retraite

étoit dans une situation charmante,
et au milieu d'un terrein admirable
par son aspect et par sa variété. Ici
s'offroient à la vue des collines délicieuses, couvertes de vignes, d'oli-
viers, d'orangers, de citronniers, et
de toutes sortes d'arbres fruitiers :
ailleurs s'étendoient des plaines à perte
de vue, fertiles en pâturages, en blé,
en grains, et en tout ce qu'on peut
souhaiter pour l'agrément et le soutien de la vie. La chaîne bleuâtre des
Apennins couronnoit ce magnifique
tableau, et sembloit soutenir un ciel
toujours pur, qui permettoit à ses
heureux habitans de jouir presque
toute l'année des charmes de la campagne. Il y avoit déjà dix ans et plus,
que Théodore couloit avec une épouse
qui le chérissoit, et des enfans dont il
étoit adoré, des jours consacrés au
bonheur domestique et aux plaisirs
de la nature, dans un pays où elle

étale toutes ses richesses. Le temps, qui n'étoit pas consacré de la part de l'épouse aux soins du ménage, et de la part du mari à l'éducation de ses enfans, étoit employé, tantôt à des lectures agréables et instructives, tantôt à la culture d'un joli jardin, qui abondoit en légumes succulens, et en fruits délicieux. Souvent ils faisoient des promenades aux environs, et visitoient leurs pauvres voisins, qu'ils combloient de bienfaits, et dont le bonheur étoit devenu nécessaire au leur.

Pendant que ces bons parens jouissoient en silence du plaisir qu'on éprouve à faire des heureux, ils voyoient éclore peu à peu les charmes d'une jeune personne, dont la beauté naissante faisoit le plus bel ornement de cet asyle solitaire. C'étoit Pauline, leur chère fille. Chaque jour enfantoit pour elle de nouveaux attraits,

I.   8.

chaque jour faisoit briller en elle de
nouvelles qualités. La bonté, la douceur et la sensibilité, empreintes sur
sa physionomie, captivoient tous les
cœurs; on ne pouvoit voir cette ado-
rable fille sans l'aimer; et en l'aimant,
on croyoit n'aimer que la vertu.

Déjà elle touchoit à sa seizième année; et elle étoit depuis quelque temps
en proie aux souffrances de l'amour,
sans avoir pu encore en goûter les
douceurs. Ce n'est pas que sa beauté
n'attirât malheureusement de tous les
environs, et même de la capitale,
une foule de concurrens, qui s'empressoient, à l'envi, de lui faire leur
cour; mais aucun jusqu'alors n'avoit
été trouvé digne de fixer les affections de Pauline. Un riche Florentin,
nommé Pizano, assez beau de figure,
mais d'un caractère colère et vindica-
tif, fut entr'autres fort assidu auprès
d'elle, et tâcha long-temps de rem-

placer, par de magnifiques présens,
qui n'étoient jamais acceptés, ce qui
lui manquoit en mérite, pour être
digne de posséder un cœur aussi
noble.

Le bonheur de plaire à Pauline étoit
réservé à un jeune homme, habitant
d'une petite ville au pied de l'Apennin, et dont la famille, connue par
son intégrité, avoit été appauvrie par
de longs malheurs. Il s'appeloit Salviati. Il venoit de Rome, et s'étoit
écarté insensiblement de la grânde
route, attiré par la beauté du paysage. Le hasard, ou une sorte de pres-
sentiment, le fait entrer dans la maison de Théodore, qui, après s'être
entretenu avec lui quelque temps, lui
trouva une ame élevée, un esprit
orné de diverses connoissances, plusieurs talens agréables, et l'invita à
revenir le voir. Pauline, de son côté,
n'étoit pas restée indifférente à la vue

de cet intéressant étranger ; après l'avoir considéré un instant, elle s'étoit trouvée émue, et avoit rougi sans savoir pourquoi.

Le jeune homme, à qui le silence et les yeux baissés de la jeune personne étoient un sûr garant de l'impression favorable qu'il avoit faite, n'étoit pas trop disposé à profiter de l'offre, que lui faisoit le père d'une aussi charmante fille. Le désir de plaire donna encore un nouveau lustre à son mérite. Il venoit rarement, mais pourtant assez souvent, pour que Pauline conçût pour lui une inclination, qu'elle ne put long-temps cacher, et dont tout le monde ne tarda pas à s'appercevoir. Théodore, qui ne fut pas le dernier à la remarquer, avoit trop de lumières, et aimoit trop sa fille, pour vouloir la contrarier et commander à ses affections. Il laissa donc les jeunes amans se livrer sans

contrainte au doux penchant de leurs
cœurs ; et voyant qu'ils ne soupi-
roient qu'après le moment qui pourroit les unir à jamais l'un à l'autre, il
résolut de récompenser leur mérite,
et de faire leur bonheur, en rappro-
chant pour toujours deux cœurs, que
la nature sembloit avoir faits l'un
pour l'autre. Il promit donc à Salviati
la main de sa fille. La mère, il est
vrai, n'avoit pas encore consenti à
cette union. Toute sensée qu'elle étoit,
moins de mérite et plus de fortune
eussent été mieux à son gré ; cependant elle étoit sur le point de céder
aux sollicitations de Pauline, et aux
puissantes raisons de son mari.

Déjà les deux amans s'étoient juré
une foi mutuelle, et dans peu un
nœud indissoluble devoit fixer leur
destinée. Jusqu'alors le malheur avoit
toujours respecté cet asyle de la paix
et de l'innocence, mais un funeste

événement vint renverser tout d'un coup cet édifice de bonheur. Dans un de ces débordemens où l'Arno, grossi par les pluies et les torrens qui descendent de l'Apennin, sort de son lit, et inonde ses beaux rivages, une famille villageoise , cernée de toutes parts par les flots menaçans, appeloit à grands cris l'assistance due à l'humanité en péril. Théodore accourt des premiers, vole au secours, et est englouti avec sa nacelle, et les infortunés qu'il étoit sur le point de sauver.

Cette catastrophe plongea non-seulement sa famille, mais encore toute la contrée, dont il étoit le bienfaiteur, dans le deuil et dans la tristesse. Les paysans, versant des larmes abondantes, redemandoient, avec gémissemens, le bon Théodore, qu'ils appeloient leur père. Ces pauvres gens n'eurent pas même la triste consolation de pouvoir rendre les honneurs

de la sépulture à son corps, qui,
ayant été entraîné par les rapides flots
de l'Arno, ne put être retrouvé.

Un malheur vient rarement seul.
Les prétendans qui, dès le moment,
où Théodore eut déclaré sa volonté,
s'étoient tenus éloignés, reparurent
après sa mort, enhardis par la certi-
tude où ils étoient, que la mère de
Pauline n'approuvoit pas le mariage
de sa fille avec Salviati. A force d'arti-
fices et de belles promesses, ils firent
tant, qu'ils la portèrent à déclarer
qu'elle n'y donneroit jamais son con-
sentement.

L'infortunée Pauline, flottant entre
la crainte de déplaire à sa mère, et
celle de violer ses sermens, ne cessoit
de pleurer, et se trouvoit dans un
état de souffrance, qui altéroit ses
beaux traits, et minoit peu à peu
son tempérament. Le perfide Florentin, dans le dessein de lui ôter

tout prétexte de le repousser, et pour
se venger en même temps de la préférence qu'avoit obtenue son rival ,
saisit le moment où celui-ci sortoit,
à l'entrée de la nuit, de chez sa maîtresse, et le fit assassiner à peu de
distance de l'habitation. Le corps de
cet infortuné jeune homme, ayant
été trouvé le lendemain matin baigné
dans son sang, et percé de plusieurs
coups de poignard, fut rapporté au
village par quelques paysans, qui re-
connurent que c'étoit celui de Salviati.
A cette nouvelle, Pauline fait retentir
toute la maison de ses cris douloureux.
Ses soupçons tombent naturellement
sur Pizano, et bientôt elle est con-
vaincue que c'est à son instigation que
le meurtre s'est commis, et que son
amant a perdu la vie.

Ce scélérat n'en resta pas là. Ce
n'étoit pas assez pour lui de s'être dé-
fait d'un rival : ce crime satisfaisoit

bien sa jalousie, mais n'assouvissóit
pas sa passion. Sachant que Pauline
l'abhorroit, et que jamais il ne par-
viendroit à gagner son cœur, il cher-
cha dès-lors à se rendre maître de sa
personne, et il épia le moment, où il
pourroit l'enlever de vive force. Un
jour qu'elle se promenoit seule, à
quelque distance de sa demeure, plongée dans une noire mélancolie qui ne
la quittoit plus, depuis la mort de
son père et le meurtre de son amant,
et qui avoit imprimé, à tous les traits
de sa physionomie, une langueur
touchante, elle vit arriver à elle une
calèche, d'où sortirent deux hommes
travestis qui se saisirent d'elle, et
l'entraînèrent, malgré ses cris, dans
une maison écartée, où, l'un des deux
bandits s'étant démasqué, elle recon-
nut le perfide Florentin. Mais ce scélérat ne jouit pas du fruit de ses crimes,
comme il avoit osé l'espérer. Pauline,

qui, heureusement, avoit à choisir
entre la mort et le déshonneur, lui
arracha avec vivacité un stylet qu'il
portoit à son côté, puis le levant contre lui d'un geste menaçant : « Je de-
» vrois t'en percer le cœur, monstre!
» lui dit-elle avec dignité ; mais la jus-
» tice divine me vengera, en te fai-
» sant expier, par des remords af-
» freux, tous les forfaits dont tu es
» l'auteur. » Ayant dit ces paroles ,
elle s'enfonça le fer dans le sein, et
peu après ses beaux yeux se fermèrent
pour toujours à la lumière.

Ames sensibles! estimez Théodore,
et jettez quelques fleurs sur la tombe
de Pauline.

~~~~~~

Sɪ j'avois à faire l'apologie de l'Ignorance, je commencerois, pour ne pas
passer pour un extravagant chez les
érudits, et pour un visionnaire, ou un
homme à paradoxes, chez ceux qui
ne le sont pas, par prévenir que ce
n'est pas l'éloge des ignorans que j'en-
treprends, mais bien celui de l'Ignorance : car ce sont deux choses absolument différentes.

Au risque très-probable de pronon-
cer une sentence à ma charge, j'ob-
serverois ensuite qu'il n'appartient
pas à tout le monde de préconiser
l'Ignorance, non plus que la science ;
tout comme il ne sied pas à chacun
de dire qu'*il ne sait rien* : car, pour
que cela ait un sens, il faut avoir

comparé le peu qu'on sait, avec ce qu'il est possible de savoir.

Après cela je ferois remarquer que les vérités ont plusieurs faces, ainsi que les corps, et que le degré d'ombre et de lumière qu'elles produisent, dépend du jour qui les éclaire, et du point de vue sous lequel on les considère. A quoi j'ajouterois, par forme de conséquence, que l'Ignorance est le pire des maux dans certains cas, et dans d'autres, le plus grand des biens.

Je protesterois que je n'en veux nullement aux vrais savans, que je respecte plus que personne : car, après la vertu, qui doit marcher avant toutes choses, il n'est rien, sur la terre, de meilleur ni de plus sublime que la science ; et le plus grand des mortels est, à mes yeux, celui qui réunit au plus haut degré le courage et l'énergie de l'une, aux lumières sûres et aux profonds résultats de l'autre.

Pour ne pas me rendre coupable d'ingratitude, je n'aurois garde non plus d'attaquer les sciences qui, bien que je n'y aie jamais fait de progrès, n'ont pas laissé de me procurer plus d'une jouissance. Il m'appartiendroit encore moins d'examiner quel peut être, en général, leur degré d'utilité, et leur influence sur les mœurs et sur la marche des corps politiques. La solution complète de cette question, qui a été fort agitée dans le siècle passé, pourroit devenir la matière d'un long ouvrage, et exigeroit de vastes connoissances, et une rare sagacité.

La seule chose que j'examinerois donc, c'est celle-ci : L'Ignorance, en général, est-elle un mal ; et la science seule rend-elle plus heureux l'individu qui la possède ?

Pour m'aider à résoudre cette question, je me garderois bien d'invoquer

les Muses, qui, dans cette occasion
sur-tout, ne pourroient qu'être sour-
des à ma voix; mais j'invoquerois
pour un moment l'Ignorance elle-
même :

A L'IGNORANCE.

MÈRE de l'illusion, du contentement et du repos, douce Ignorance !
c'est toi que j'invoque. Daigne prêter
quelques charmes à mes accens, et
m'éclairer de cette foible, mais sûre
lumière, qui jaillit par intervalle du
sein des ténèbres, qui entourent ton
trône (1).

Que d'autres, éblouis par de trom-

---

(1) La lumière de l'ignorance ! cela est plaisant, dira-t-on. Plaisant ou non, peu importe,
pourvu que cela soit vrai. Or, il est très-vrai
que l'ignorant, qui compare peu d'objets, con-

peuses et plus vives lueurs, tracent pompeusement l'éloge du savoir; assis pensivement sur la pointe de ce rocher, je médite en silence sur les bienfaits dont tu combles les mortels.

Tendre nourrice de tous les humains, ce n'est que dans ton berceau qu'ils jouissent, sans le savoir, du seul instant de paix qui leur soit réservé sur la terre. C'est sur les premiers pas de leur carrière que tu aimes sur-tout à étendre ton ombre tutélaire. Le doux sourire, l'aimable naïveté, l'innocente joie, sont tes compagnes fidelles; et c'est toi qui fais le bonheur de cet âge, qui, ne prévoyant

---

noît souvent très-bien ceux qui sont dans sa petite sphère, et qu'il trouve quelquefois des idées et des ressources qui frappent par leur simplicité, et qui échappent souvent à l'homme le plus instruit.

rien , jouit seul du présent, et ne connoît ni la crainte , ni les soucis, ni les
remords.

Tu embellis aussi de tes charmes
cette intéressànte moitié de l'espèce
humaine., que le ciel , dans sa bonté,
nous donna pour nous aider à supporter les peines de la vie. Jamais ce sexe
enchanteur n'est plus aimable que
lorsque, se renfermant dans la sphère
bornée que lui prescrivit la nature,
il n'exerce cette exquise sensibilité
dont elle l'a doué , que pour faire le
bonheur de tout ce qui l'entoure (1).

---

(1) Dieu me garde de trouver mauvais que
les femmes cultivent leur esprit, et meublent
agréablement leur mémoire et leur imagination, pourvu que cela tourne au profit de leur
cœur. Nous autres hommes perdrions trop à ce
qu'elles n'en fissent rien. Mais il ne faut point
qu'elles deviennent des savantes , dussent-elles
même l'être autant que celles de Molière.

C'est toi encore, ô douce enchante-
resse, qui enfantes tant d'illusions
agréables, qui font le bonheur de
l'ignorant. C'est toi qui étends au-dessus de sa tête la voûte azurée du ciel ;
qui arrondis l'horizon, dont les bornes
sont pour lui celles du monde ; qui
élèves les astres du sein de l'océan, et
les fais circuler autour de sa demeure ; qui sèmes les rubis sur la
route du soleil ; qui pares de si brillantes couleurs l'écharpe d'Iris ; qui
dores les nuages et la cîme des monts ;
qui prêtes enfin ton charme à tant
d'autres phénomènes, qui changent
continuellement la décoration de l'univers, et ne font plus d'impression sur
le savant qui les analyse, et les sou-
met à ses calculs.

Heureux les mortels, s'ils avoient
su se contenter de vivre sous tes lois !
mais une indiscrète curiosité se hâta
bientôt de soulever ton voile salu-

taire , et de les arracher au repos qui
t'accompagne, pour les plonger dans
une mer de doutes , d'erreurs et d'in-
certitudes.

Lorsque tu régnois encore sur la
terre , les hommes , contens de leur
destinée, couloient en paix, autour
de leurs foyers rustiques , des jours
sans nuages. Ils ne négligeoient point
de jouir pour chercher à connoître.
Un guide sûr, cette voix céleste qui
parle au cœur de l'homme , les
conduisoit invariablement dans le
sentier de la nature , dont ils n'avoient
point encore appris à méconnoître le
sublime auteur.

Ils n'usoient point leurs jours dans
de savantes recherches sur le bonheur, dont le sens commun suffiroit
pour leur tracer la route. Ils igno-
roient ce que c'étoit que le bonheur, et ils étoient heureux : ils igno-
roient ce que c'étoit que la vertu, et

ils la pratiquoient. Mais malheureusement, depuis qu'ils ont laissé obscurcir ce flambeau, devenu trop vulgaire, pour suivre celui d'une orgueilleuse raison, qui, si souvent, les égare, en perdant la félicité, ils se sont écartés de plus en plus du chemin qui pouvoit les y conduire.

Que de vils sophistes, que des pédans bouffis de phrases vantent, tant qu'il leur plaira, ces sciences profondes, et ces connoissances ambitieuses (1) dont se pavane leur vanité; fatigué de leurs interminables dis-

_____

(1) J'entends sur-tout par-là les sciences abstruses, qui ne peuvent intéresser que notre curiosité, et où la démonstration ne sauroit avoir lieu; ces sciences qui, prétendant nous instruire de l'origine et de la nature des choses, ont exercé si inutilement, depuis plus de deux mille ans, la subtile dialectique des métaphysiciens, et sur-tout des scholastiques.

putes, j'irai, ô douce déité, me réfugier dans ton temple rustique, où
règnent sans interruption le silence,
la sécurité et le repos.

C'est de là que je laisserai tomber
des regards de compassion sur ces infortunés savans, qui, consumant leur
courte vie à entasser laborieusement
connoissances sur connoissances, meu-
rent comme les avares, ayant beaucoup acquis, sans avoir jamais joui
de rien.

C'est là, c'est dans ce temple, aussi
ancien que le monde, que j'évoque-
rai l'ombre de ce vertueux Athénien,
qui, après avoir passé sa vie entière à
l'étude de l'homme et de la nature,
finit par avouer qu'il ne savoit rien.
Je lui demanderai si toutes ces questions, aussi oiseuses qu'insolubles,
que les philosophes agitent, depuis
tant de siècles, sur l'homme et sur la
Divinité, ont servi à autre chose qu'à

obscurcir les notions les plus claires, que la nature avoit pris soin de graver dans nos cœurs.

Je lui demanderai si le cœur se perfectionne, à mesure que l'esprit s'enrichit? La conduite scandaleuse et immorale de beaucoup de gens de lettres m'aidera à résoudre cette question. Je lui demanderai enfin si les plus grands génies ont joui, dans leurs savantes recherches, d'un bonheur plus complet que le paisible laboureur, qui voit prospérer sa famille, et fait tomber sous la faucille la moisson jaunissante, qui couvre l'héritage de ses pères.

Que sert donc le savoir à la félicité? Voyez ce pauvre bûcheron, qui ne connoît du monde que la forêt qui l'a vu naître, et qui n'a d'autre bien sur la terre qu'une hache et sa baraque enfumée. Vous le regardez sans doute comme un être bien malheureux : cependant il ne l'est point. Une heureuse ignorance, enveloppant son cœur des mêmes ténèbres qui couvrent son entendement, n'offre à ses désirs que des objets qui se trouvent sous sa main. Peu soucieux de connoître, et content d'exister, il parcourt en paix, et sans se plaindre, le cercle obscur où le plaça la nature, sans s'inquiéter de ce qu'il est, ni d'où il vient, ni où il va. Il semble que le soleil ne brille que pour lui, tant sa féconde chaleur le réjouit : il semble que la nature ne déploie que pour lui son pouvoir générateur, tant est grande la reconnoissance avec laquelle il coupe le chou qu'il a planté, ou le champignon qui croît sous ses pas.

Portez maintenant vos regards sur ce savant, qui marche à grands pas au bord de ce bois. Son air sombre n'est pas l'enseigne du contentement.

Il a parcouru l'un et l'autre hémis-
phère, cherchant par-tout le bonheur, qu'il n'a trouvé nulle part. Il a
tant vu d'objets, que son cœur ne sait
plus se fixer sur aucun. Il connoît à
fond la cause précise de tous les phénomènes de la nature ; l'étendue des
mers et des continens, les orbites des
planètes, les parties constitutives des
corps, et les lois du mouvement. Sa-
vez-vous quel fruit il a retiré de ses
longues veilles, et de ses profondes
recherches ? Le voici : Il a trouvé
qu'un hasard aveugle gouverne les
choses de ce monde ; que la vertu n'est
qu'une chimère ; que l'homme n'est
qu'une machine sans ame, et n'a plus
rien à espérer au-delà du tombeau.
Fier de ces merveilleuses découvertes,
il peste en ce moment contre un bou-
vier qui, par ses chansons grossières,
ose interrompre le cours de ses impor-
tantes méditations.

O science ! n'est-ce donc qu'au prix du repos qu'on t'acquiert ? peut-être. Les sciences ouvrent d'abord une vaste perspective à l'ambition de l'esprit humain ; mais elles ne tiennent pas toujours tout ce qu'elles ont promis. On s'attend à une ample moisson de vérités ; mais quand, après les avoir approfondies, on vient à comparer le peu qu'elles nous apprennent avec ce qu'elles nous laissent ignorer : quand on rapproche l'espace immense qui reste encore à parcourir de celui qu'on a déjà parcouru, ce dernier se trouve si resserré, qu'il disparoît comme le point extrême d'une ligne qui se prolongeroit à l'infini. C'est ainsi que, dans les richesses de l'esprit, comme dans celles de la fortune, le regret de la privation l'emporte souvent de beaucoup sur le plaisir de la jouissance, et que, dans l'un et l'autre cas, la fureur d'accumuler n'est ja-

mais assouvie. De plus, en nous tenant trop élevés au-dessus de la sphère
des objets qui nous environnent, les
sciences nous détournent souvent de
notre vocation primitive. L'Astrono-
me, en mesurant le ciel, oublie la
terre, où il ne songe plus qu'il a sans
cesse de nouveaux devoirs à remplir.
Le Géomètre occupé de ses courbes,
et le Chimiste, de ses expériences,
sont, pour l'ordinaire, beaucoup plus
inquiets du résultat qu'ils en atten-
dent, que du sort d'une malheureuse
famille qui manque de pain, et dont
ils pourroient essuyer les pleurs.

Le temple de la Vérité est un édifice immense, dont les bases touchent
au centre de la terre, et dont le faîte
se perd dans le vague des cieux. C'est
sous le péristyle qui l'entoure, qu'er-
rent sans cesse, à la faveur d'une lumière incertaine, une foule de mortels qui, depuis une longue suite de

siècles, cherchent en vain l'entrée du
sanctuaire., qu'un mur impénétrable
dérobe à leur curiosité. Le doute, les
fausses apparences, l'erreur, le mensonge et les préjugés sont sans cesse
attachés à leurs pas ; et., allumant
leurs flambeaux trompeurs, dès que
celui de la Vérité vient à s'éteindre,
ils les conduisent enfin dans les détours tortueux d'un vaste labyrinthe,
qui les ramène insensiblement au
point d'où ils étoient partis : je veux
dire au temple de l'Ignorance, où ils
sont tout surpris de se retrouver.

C'est alors que, fatigués de tant de
courses infructueuses, ils apprennent à s'humilier de leur vain savoir,
à déplorer leur foiblesse, leur aveu-
glement, et les misères de la condition humaine. C'est alors qu'ils trouvent la solution unique d'une foule
de problèmes, sur lesquels leur in-
quiète curiosité s'exerçoit depuis si

long-temps en pure perte : Qu'est-ce que Dieu? Qu'est-ce que le monde? Qu'est-ce que l'ame? Comment agit-elle sur le corps? Quelle est l'origine des choses, et celle du genre humain? Quelle est la cause de la pesanteur, de l'attraction? etc. Qu'est-ce que la lumière, le calorique, l'électricité, le magnétisme, et tous les fluides élastiques simples? etc. Comment se forment les terres, les crystaux, les métaux? etc. Comment se fait la génération des plantes, des animaux? etc. Quelle est la dernière fin de notre existence? Que serons-nous, et où irons-nous après la mort? — A toutes ces questions, comme à une infinité d'autres, l'Ignorance répond : *Je ne sais* ; et la Sagesse : *Il n'est pas bon que tu le saches.*

Mais que fais-je? Pardon, ô modeste Ignorance, si j'ai quitté un instant ton humble séjour, pour m'éle-

ver dans les hautes régions, où plane
l'orgueilleuse science. Viens, ah ! re-
viens me couvrir de tes ombres ! elles
sont si favorables à la paresse du sage.
C'est toi qui régnois autrefois sur ces
vastes contrées, où l'avarice Euro-
péenne porta, il y a trois siècles, l'esclavage, la désolation et la mort. C'est
toi qui règnes encore sur ces peuplades
de sauvages robustes, dont tu assures
mieux l'indépendance, que les gou-
vernemens les plus savamment com-
binés. C'est toi qui attaches à son sol
natal le stupide habitant du Groën-
land et des plus affreuses contrées,
en ne lui faisant pas même soupçon-
ner la possibilité d'un genre de vie
plus commode, ni d'un plus doux climat. C'est toi, enfin, ô Déité bienfaisante, qui régnois naguère encore
parmi les heureux habitans de ces îles
charmantes, placées sous un ciel délicieux, et que la nature sembloit

avoir séparées, par des mers immen-
ses, du reste de l'univers, pour y établir à jamais ton empire. Mais nos
vices funestes pénètrent dans tous les
lieux avec nos lumières; par-tout ils
bannissent cette aimable simplicité et
cette douce obscurité, que tu avois
répandues sur la face de la terre (1).

Séjour éternel de l'inquiétude, de
l'intrigue, du bruit et de l'insomnie;
villes populeuses ! superbes palais, à

---

(1) « Les nations, moins éclairées que la nôtre,
» ne sont pas moins heureuses, parce qu'avec
» moins de désirs, elles ont aussi moins de be-
» soins, et que des plaisirs grossiers ou moins
» raffinés leur suffisent : cependant nous ne
» voudrions pas changer nos lumières pour
» l'ignorance de ces nations, et pour celle de nos
» ancêtres. Si ces lumières peuvent diminuer
» nos plaisirs, elles flattent en même temps notre
» vanité ». Ce n'est pas un ignorant qui a dit
cela ; c'est d'Alembert.

l'embellissement desquels tous les talens ont concouru, et où toutes les
productions du luxe et des arts se
trouvent à grands frais rassemblées,
pour ennuyer ceux qui les habitent !
j'irai quelquefois, sous vos riches lam-
bris, méditer sur la vanité du faste,
et sur le néant du pouvoir et des
grandeurs humaines.

Asyles de l'ignorance et de la paix !
Retraites écartées ! Hameaux solitaires !
Humbles cabanes, où habite si souvent la vertu couverte de haillons :
j'irai sous vos toîts rustiques appren-
dre, comment on peut vivre gai et
content sous le chaume. C'est-là que,
méditant sur l'inutilité des connoissances humaines, par rapport au
bonheur individuel, je me convain-
crai que les sciences, vraiment utiles à
l'homme, sont en petit nombre,
comme ses vrais besoins; que les sciences de luxe ne servent qu'à chatouil-

ler la vanité du présomptueux qui les possède, et qu'il n'en est qu'une, qui soit vraiment digne de l'estime du sage : celle qui le rend meilleur et plus heureux.

Et toi, ardent jeune homme, qu'entraîne le noble désir de t'instruire ; ne te laisse point trop éblouir par le trompeur éclat du savoir. Ne flétris point, dans des études trop abstraites, la fleur de tes années. Le temps vole, la jeunesse s'écoule ; pense qu'elle disparoîtra comme un beau songe, pour ne plus revenir. Emploie-la à jouir de tous les biens qui l'accompagnent, et que la morale permet ; à en jouir avec modération, afin d'en jouir plus long-temps. Ne thésaurise point tant pour un âge plus mûr, que tu n'es pas sûr d'atteindre ; car qui sait si tu vivras demain ? Crois-moi, si ton cœur n'y gagne pas, tu auras un jour regret à ta peine, car tu n'auras

amassé que de stériles connoissances.
Etudie le grand Être dans l'aimable
variété de ses merveilleux ouvrages.
Imprime de bonne heure dans ton
ame, encore souple, la sublime empreinte du beau et du bon ; c'est maintenant le moment de la rendre ineffa-
çable ; et sois sûr qu'un seul acte de
vertu te procurera un plaisir aussi
pur et plus durable, que n'en cau-
sèrent au grand Newton même ses
magnifiques découvertes sur la lumière et sur la gravitation univer-
selle (1).

_____

(1) Ce jeune homme, avide de connoissances,
et trop passionné pour l'étude de la métaphy-
sique, auquel je m'adresse ici, n'étoit proba-
blement pas un des petits élégans de nos grandes
villes. Ceux-ci ne savent que trop bien se dis-
traire ; et je serois fâché qu'ils prétendissent
s'autoriser de ceci, pour justifier leur oisiveté.
L'éducation de l'esprit, quand elle est solide et

bien dirigée, a sans doute sa grande utilité ;
mais elle n'est rien sans l'éducation morale, et
doit lui être subordonnée : c'est tout ce que j'ai
voulu dire. — Le résultat qu'on doit tirer, en
général , de toute cette pièce, c'est que l'ignorance sur certaines choses , à certaines époques,
et en certaines circonstances , est un grand
bien ; c'est que les lumières-et les connoissances
ne sauroient rendre heureux le méchant. Mais
il est certain que, choisies et appliquées avec
discernement , elles peuvent augmenter , et
qu'elles augmentent en effet le bonheur de
l'homme de bien , placé dans une certaine
sphère.

FIN DE LA PREMIÈRE PARTIE.

TABLE

DES MATIÈRES

CONTENUES DANS LA PREMIÈRE PARTIE.

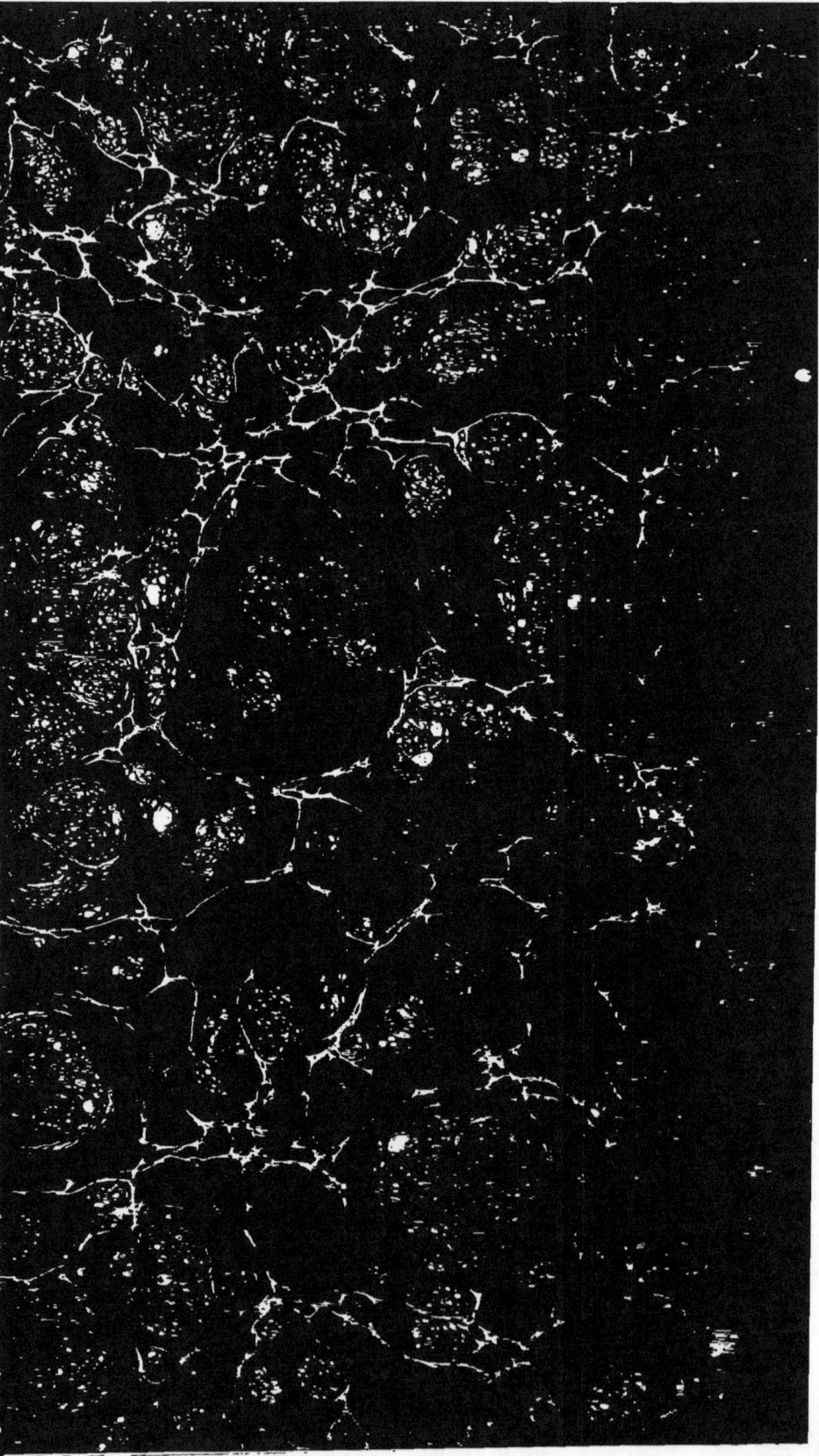

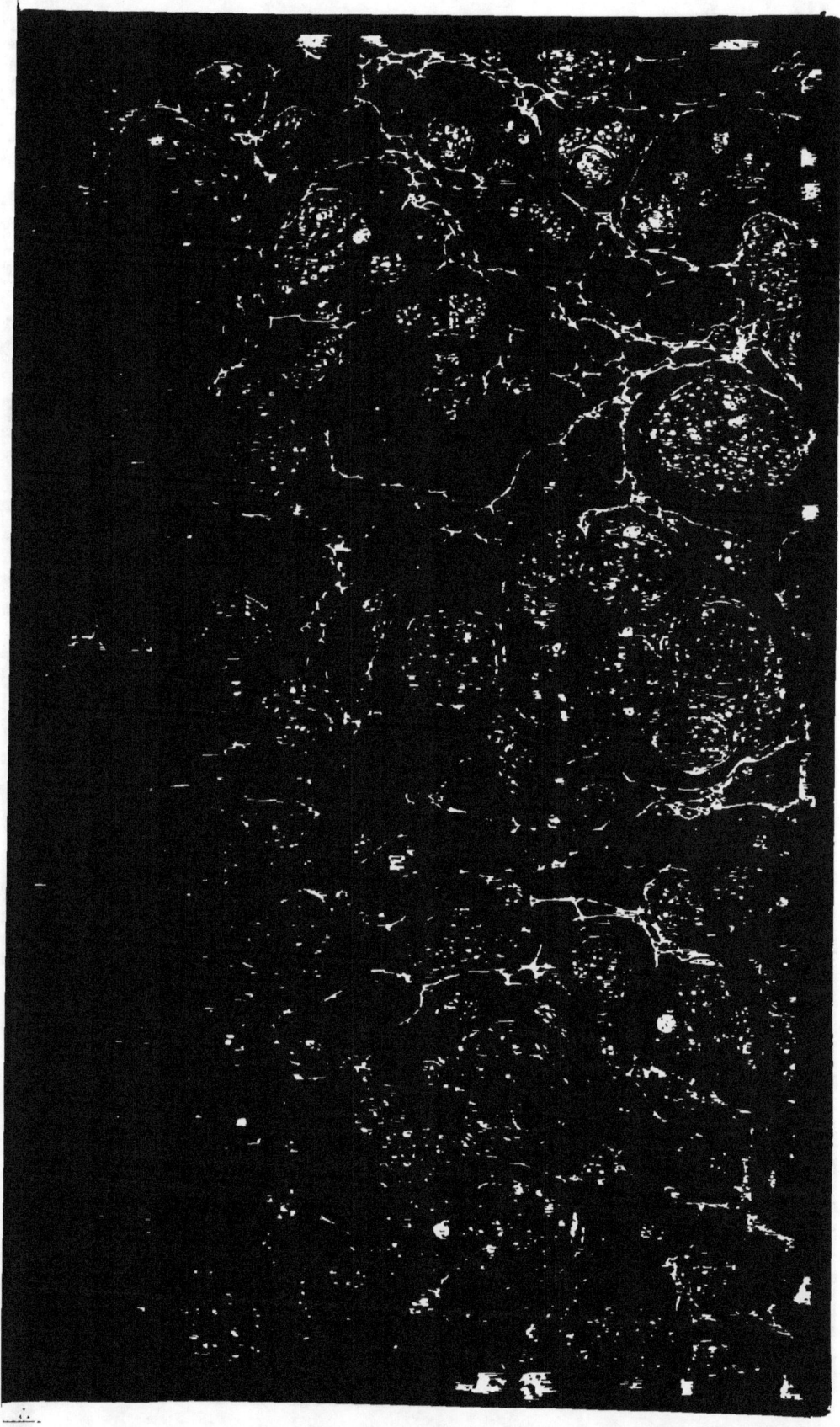

www.ingramcontent.com/pod-product-compliance
Lightning Source LLC
Chambersburg PA
CBHW051813020726
47502CB00005B/1443